아주 사소한 중독

아주 사소한 중독

함정임

작가
정신

개정판 작가의 말

그리고 시간이 흘렀다.

이 소설은 사랑의 모순 속에서 쓰였다.

그녀와 그는 어떻게 되었나?

사랑은 우연을 필연으로 만든다.

누군가를 바라본다는 것,

누군가를 원한다는 것,

시선은 역사를 만들고, 욕망은 삼각점을 따라

이동한다.

사랑에도, 장미나 구름처럼, 하나의 생生이 있다.

나는 길지도 짧지도 않은 사랑을 원했다.

이 소설을 쓰는 중에

중편 형식의 아름다움을 알았다.

중편 형식이 아니었다면, 서로를 향해

벅차오르고, 질주하고, 집착하고,

지치고, 사그라드는

사랑의 덧없는 생이

다하지 못했으리라.

2017년 5월 새벽 어슴푸레함 속에

함정임

초판 작가의 말

나는 말하고 싶다. 말하고 싶은 것을 말하고 싶지
않다고,

미쳐가는 것을 미쳐가지 않는다고, 사랑하는 것을
사랑하지 않는다고,

아니, 사랑한다고.

좋아하지 않는 것을 좋아한다고, 욕망하지 않는 것
을 욕망한다고,

사랑하지 않는 것을 사랑한다고, 아니, 사랑하지 않
는다고 말하는 것.

이 소설은 그러한 모순 속에서 쓰여졌다.

그러고 싶지 않음을 그러고 싶음으로

그렇다를 아니다로 말할 수 있는

당신에게

그럼에도 불구하고, 사랑과 인내를 보낸다.

2001년 1월

함정임

차례

그녀는 그가 왜 좋은지 모른다. 무엇이 좋은지 모르면서 그와 키스를 한다. 그녀가 유일하게 믿는 건 혀다. 혀가 짓는 말이 아니라 혀가 맡는 냄새다. 혀는 먹고 말하는 데 소용되는 것만은 아니다. 그녀에겐 파트너를 알아보는 데 더 유용하다. 어떻게 잘되는 게 없어, 젠장. 그는 키스를 하다가도, 습관처럼 내뱉는다. 그녀는 그녀의 혀로 그의 혀를 쑥 디밀어주며 그의 말도 디밀어준다. 잘될 거야, 잘될 거예요. 그는 믿지 않지만 그녀의 혀 때문에 더 말하지 못한다. 할머니가 자살했어. 할머니 귀신이 씐 거야. 그는 대학에 취직을 원하고 있다. 러시아에 가지 않고도 또래들보다, 또 선배들보다 신속하게 박사학위를 딴 것이 몇 년간 그의 자랑거리였지만 이젠 오히려 그것이 그를 고통스럽게 얽어매고 있다. 마흔이 넘거나 넘어가고 있는 선배들이 그의 앞길을 막고 있다. 그가 원하는 자리에 가려면 그 산을 넘어야 한다. 그가 마흔이 되려면 아직도 7년이나 남았다. 그는 그래서인지 7을 아주 싫어한다. 내년이면 6을 싫어할 것이다. 그가 서른여섯 살인 그녀의 나이를 부러워하는 것은 바로 그 한때뿐이다. 넌 금방 마흔이 되겠구나. 내가 네 나이가 되면 취직이 될지도 몰라. 그와 함께 있을 때는 그에게 말을 많이 하게 해서는 안 된다. 될 수 있으면 그녀의 입에서 입을 떼게 해서는 안 된다. 그녀가 그와 키스 중독이 된 이유가 거기에 있다. 그녀가 키스보다 더 좋은 대화법을 발견하지 못한 것도 한 이유다.

오늘은 그가 그 말을 하지 않는다. 잘되는 게 없어, 젠장. 그 대신 그는 그녀에게 무엇이 궁금하냐고 묻는다. 넌 뭐가 궁금하냐? 이번에 그녀는 그의 혀를 그의 입으로 밀어 넣지 않는다. 그녀는 수명이 다 된 형광등처럼 1분 정도 눈을 껌벅이다가 그녀의 혀를 그의 입으로 디밀어 넣는 대신, 죽기 전에 뭐가 보일까 ……예요,

라고 대답한다. 즉흥적으로 떠오른 말이다. 그녀는 궁금한 게 별로 없다. 그녀 말에 그가 소녀처럼 까르르 웃는다. 보기보다 생각을 많이 하는 여자로군. 이번에는 그 말에 그녀가 그처럼 까르르 웃는다. 그런가요? 하지만 생각이란 건 별것 아녜요, 물으면 생겨나는 것일 뿐이에요. 평소 그녀에게는 어떤 일이든 깊이 생각하지 않는 버릇이 있다. 그러다 보니 궁금한 것이 그다지 생기지 않는다. 그에게는 그런 그녀가 난해하다. 백지를 던져주고 그 속에 무엇이 있는지 찾아내라고 종용하는 것처럼 말이다. 그러나 아무도 그것을 그에게 요구하지 않는다. 그 자신 이외에는. 그에게는 쓸데없는 고민이 너무 많고, 별것 아닌 의문들이 빈번하게 소용돌이친다. 그래 그건 그렇다 치고, 또 뭐가 궁금하냐?

그의 최대 약점은 한 번에 한 가지만 하지 못한다는 짓이다. 그는 책갈피를 넘기는 것과 동시에 ― 그가 오면 신기하게도 그녀의 오피스텔은 삽시간에 종류가 다른 책들이 나뒹굴군. ― 유선방송에서 녹화해서 내보내는 〈한밤의 섹션 통신〉이나 〈전파견문록〉을 보고 ― 그녀는 단 한 번도 그것들을 혼자 본 적이 없다. 손가락으로 노트북 마우스를 이리저리 굴리는 동시에 — 그가 들어와서 하는 첫 행동이 끊어져 있는 그녀의 노트북을 켜고 인터넷에 접속하는 것이다. 밤이면 시트콤 〈세 친구〉나 〈멋진 친구들〉을 본다. 그리고 그다음에 이어지는 방송 3사 티브이 미니 시리즈는 동시에 다 본다. 좀처럼 집 밖으로 나가지 않는 대신 멀티플한 생활에 익숙한 그는 여러 가지를 한꺼번에 해야만 비로소 심적 안정을 찾는 사람이다. 그의 멀티플한 경향은 키스에서도 그대로 나타난다. 그녀는 키스를 할 때면 언제나 눈을 지그시 감기 때문에 그의 눈이 무슨 모양을 하고 있는지, 그 눈의 내용이 무엇을 담고 있는지 알지 못한다. 그는 벙벙하게 눈을 뜨고 있을 테고, 틀어놓은 티브이 화면이나 천장의 돌올한 테두리선, 또는 침대 위 벽에 걸린 그림을 멀뚱멀뚱 바라볼 것이다. 아니면 약간의 죄의식으로 연애시절의 아내나 교양 강의 때 눈에 들어왔던 여자애를 간음할지도 모른다. 그녀는 한동안 그가 키스하는 순간만은 온 감각을 혀끝에 모으고 있다고 믿고 그것을 받아들이고 빨고 깨문다. 그녀가 파악한 바로는 그가 유일하게 한 가지에 몰입할 때는 그의 페니스가 그녀의 질 속에 들어가 있는 때이다. 정확히 말하면 그가 두 눈을 질끈 감고 참을 수 없이 사정을 하는 순간이다. 사정은 완전한 암흑 속에 이루어진다. 그녀는 그 암흑을 미치도록 고집한다. 그가 1초라도 다른 생각을 할 수 없는 그 암흑에 열광한다. 그 암흑 이외의 다른 어둠을 그녀는 좋아하지 않는다. 도둑고양이가 노려보고 있는 밤길 모퉁이 어둠이나, 사방으로 바리케이드가 쳐진 공사장 안의 괴괴한 어둠, 버려진 공터 웅덩이에 괸 축축한 어둠들.

그녀는 자신이 왜 키스를 할 때 스르르 눈을 감는지 생각해본 적이 없다. 사랑의 행위란 자연스러운 흐름에 이끌리는 것이어서 그녀에게 최대의 찬사란 곧 자연스럽다고 말하고, 듣는 것이다. 그녀에겐 공동묘지에서 그를 만나게 된 것도 아주 자연스러운 일이고, 몇 개월 후 그가 그녀에게 와서 키스를 하게 된 것도 자연스러운 일이라고 생각한다. 그리고 그가 그녀보다 어리다는 것이 그들의 사랑을 적당히 극적으로 끌고 가는 데 얼마나 자연스러운 역할을 하는지, 그리고 그에게는 아내가 있고, 그는 아내를 변함없이 사랑한다고 말하는 것이 또 얼마나 자연스러운 자극을 유발하는지, 그녀는 따져보는 일 없이 자연스럽게 인정하고 있다.

쓰여진 것은 모두 불결해! 그가 잠에서 깨어나면서 뜬금없이 내뱉는다. 그녀는 잠에서 완전히 깨어나지 않은 상태에서 그가 또 실없는 말을 지껄이기 시작한다고 생각한다. 그는 수요일 정오면 호수 건너에 있는 그녀의 오피스텔 벨을 누르고, 문이 열림과 동시에 키스를 한 후 함께 잠을 잔다. 그녀의 침대 위 벽에는 귀스타브 쿠르베의 그림 〈잠〉이 걸려 있다. 그림에는 벌거벗은 두 여자가 마치 정사 후의 남자와 여자가 단잠에 빠져든 것처럼 서로 엉켜서 잠을 자고 있다. 하나는 흑발 다른 하나는 금발이다. 흑발의 오른쪽 다리가 금발의 움푹 들어간 허리께에 올려져 있고 다른 하나는 사타구니 음부를 메우고 있다. 금발의 왼손이 흑발의 종아리를 지그시 누르고 있다. 더없이 밀착된 편안함이 잠을 압도하고 있다. 그녀는 쿠르베의 나체화들을 카피본으로 몇 점 더 가지고 있다. 그가 그녀의 오피스텔에 오기 전, 쿠르베의 〈잠〉이 걸린 자리에는 검은 음모로 뒤덮인 여자의 음부를 캔버스 정면에 부각한 〈세상의 기원〉이 걸려 있었다. 그녀는 그 그림의 카피본을 센 강변에 있는

노상 헌책방에서 500프랑을 주고 샀다. 그것을 사기 전
그녀는 사흘을 그 앞에서 살까 말까 망설였다. 값이 비
싸서 그러는 줄 알고 대머리에다 얼굴이 온통 털로 뒤
덮인 아랍계 책장사는 선심 쓰듯 100프랑을 깎아주겠
다며 진열대에서 그림을 집어 들어 그녀의 얼굴에 바짝
디밀었다. 그녀는 그 순간 그 그림을 도로 밀쳐내야 한
다는 것이 너무나 곤혹스러운 나머지 안 되는 일을 무
릅쓰듯이 억지로 그것을 받아 들었다. 책장사는 그녀의
그런 무릅씀에 아랑곳하지 않고 한때 라캉인가 뭔가 하
는 정신과 의사도 그 그림을 서재에 걸어두었다고 떠벌
렸다. 그때 라캉인가 뭔가 하는 정신과 의사의 이름이
그녀의 귀에 들어올 리가 없었다. 그녀가 값을 치르는
동안 책장사는, 물론 라캉이 걸어두었던 것은 원본이었
는데 그는 알려질 대로 알려진 섹스주의자였다고 살짝
귀띔해줬다. 그녀는 라캉처럼 성적인 여자는 아니다.
남자가 없을 때는 자신이야말로 수녀로 살기에 적합한
여자라고 생각할 정도다. 그녀는 스스로 쿠르베의 나체
화를 수집하는 것과 성적인 욕망이 어떤 관계가 있는지
따져보지는 않았지만, 확실한 것은 쿠르베가 초사실적
으로 그린 음부를 오래 들여다보고 있노라면 이상할 정

도로 심적인 안정을 얻는다는 것이다. 거울이 없던 시대 자신의 육체를 보지 못하다가 거울의 발견과 함께 자신의 은밀한 부분을 맞닥뜨리면서 갖는 당혹감과 황홀함, 그리고 안정감 같은 감정들이다. 그녀는 여자에게도 어머니의 자궁, 아니 자신의 자궁으로 기어들어가 웅크리고 싶은 욕망이 거세질 때가 있다는 것을 안다. 그것은 단지 쾌락적인 성애의 욕망과는 별개의 문제이다. 그것은 도피의 욕망이자, 정착의 욕망이다. 그녀는 골상학적으로 볼 때 그다지 완성도가 높다고는 할 수 없지만 그의 몸에, 그의 입술에 만족한다. 그녀는 그와의 잠을 통해 안식을 찾는다. 쏟아지는 햇빛 아래서의 섹스, 그리고 단잠은 그녀에게는 없던 일이다. 일정한 직장이 없는 그에게는 그것이 가능한 일일 수도 있었으나 이제는 그녀도 수요일만큼은 그와 함께할 수 있다. 그와는 〈잠〉의 포즈가 끝까지 잘 유지되지는 않는다. 깨어나 보면 그녀는 애완강아지처럼 그의 다리 가랑이 사이에 끼여 자고 있다. 그녀는 물살을 거슬러 올라오는 연어처럼 그의 가슴 밑으로 치받고 올라오면서 그의 입을 자신의 입술로 꾹 틀어막는다. 그는 발정 난 수캐처럼 아앙, 하고 그녀의 콧부리를 깨문다. 그걸 어느 작자가 말했는지, 어느 책, 몇 페이지에 쓰여져 있는지 알아야 한다구! 그렇게 말하는 그의 입술이 뾰족하게 날이 선다. 왜 찾아야만 하는 거지요? 뭣에 쓰려고요? 그녀는 잠에 파묻힌 까슬한 목소리를 내며 엄지와 새끼손가락으로 그 입술을 꼬집는다. 그게 내 잠을 방해했어. 그는 적이 분노하고 있다. 차라리, 그녀가 말을 꺼내다가 그의 남성을 감싸고 있는 거웃을 손바닥으로 슬쩍 스친다. 차라리, 쓰여진 것이 아니라 기억나는 것이라고 하지 그래요. 기억되는 것은 모두 불결하다고요. 그녀는 체질적으로 심각한 것을 못 견딘다. 사랑으로 복잡해지는 것보다는 차라리 사랑 없이 혼자 늙어 죽는 편을 택하겠다고 생각할 정도도. 그녀는 다가오는 남자를 미련 없이 물리치지도 않지만 그렇다고 방전된 배터리처럼 감정이 무뎌져서 떠나겠다는 남자를 구질구질하게 붙잡지도 않는다. 그녀에게 사랑은 일시적인 정신장애일 뿐 아니라, 신체적인 기능장애를 유발하는 일상적인 사소한 중독中毒일 뿐이다. 그녀는 유행성 시베리아 감기나 홍콩 독감에 걸리듯 소소하게 그 독성에 걸려들기도 잘하지만 거기에서 빠져나오기도 잘한다. 그런 와중에도 그녀가 비교적 건전한 삶을 유지할 수 있는 데에는 그럴 만한 비결이 있다. 그녀는 무엇을 기억하고 되씹는 일이 좀처럼 없다. 그것은 그녀가 기억할 만한, 아니면 기억하고 싶은 가족이나 과거가 없다는 뜻이 된다. 그러나 가족 없고 과거 없는 인간이 가능한가? 그것이 가능하다면 그 사람은 너무 일찍 보아서는 안 될 이면을 보았거나, 내려가서는 안 될 심연에 발을 헛디딘 경우일 것이다. 부정하고 싶은 가족, 외면하고 싶은 과거의 무게가 크면 클수록 그 사람은 그만큼 단순해지고 견고해지는 경향이 있다. 그가 키스나 섹스로는 도저히 알아낼 수 없는 것이 바로 그녀의 그 부분이다. 그가 아는 그녀는 가끔 경멸하고 싶을 만큼 지독히 단순하고 능글맞게 순종적인 특급 호텔의 케이크 디자이너이다. 매일 혀끝에서 녹는 매혹적인 케이크를 입속으로 들이밀어주는 그녀에게서 비밀장금장치로 무장된 그녀의 내부를 풀 만한 능력도 인내심도 그에게는 없다. 그녀에게 필요한 것은 그의 열쇠가 아니라 그녀의 케이크를 핥아줄 그의 튼튼한 혀뿐이다. 기억되는 것은 불결하다? 그가 찰거머리처럼 그녀 등에 찰싹 달라붙어 있다가 옆으로 털퍼덕 나가동그라지며 되묻고 스스로 결론짓는다. 그렇지, 이젠 아무것도 쓰여지지 않으니까, 개나 소나 쏟아놓는 배설물을 시 때 없이 받아줄 종이는 없으니까. 그렇담, 앞으로는 기억하지 않는 일만 잘하면 되겠군! 그녀는 다소곳이 그의 말을 경청하고 있다가 그의 몸 위로 그림 〈잠〉의 흑발처럼 발을 척 걸뜨리며 말한다. 아니, 그보다는 기억을 발설하지 않는 걸 조심해야 하지 않을까요?

그녀가 궁금해하는 것, 죽기 전에 무엇이 보일까, 마지막으로? 그것은 그녀가 지난밤 어떤 홍콩 영화를 보기 전에는 하지 않던 생각이다. 그가 그때 그녀에게 그런 식의 질문을 하지 않았더라면 그녀는 그 말을 하지 않았을 것이고, 조금 시간이 지나면 모래 해변의 문장처럼 파도에 씻겨져 그녀의 기억에서 사라져버렸을 것이다. 그런 것처럼, 그날 오후 그의 잠을 불쾌하게 깨운 그 문장이란 것도, 사실은 쿠르베의 〈잠〉이 걸려 있는 그녀의 침실에서 그가 깨어나지 않았더라면 무례하게 그의 잠에 침입하지 않았을 것이다. 삶이란 이렇게 앞뒤가 안 맞는 모순덩어리에 거침없이 휘둘리게 마련이다. 어린아이가 아니고서는(아니, 어린아이조차), 그것을 모르는 사람은 없다. 그가 한 번에 한 가지만을 하지 못하는 데에는 원인이 있다. 어디서 읽었거나 주워들은 기억들이 그를 가만히 놔두지 않는 것이다. 처음엔 그도 그런 사람이 아니었다. 그는 자신이 너무 많은 책을 읽었다고, 그것을 아주 나쁘게 생각하는 버릇이 있다. 그러나 그것은 그가 죽을 때까지 피할 수 없는 운명이 되어 있다. 그것으로 인해 새로운 관계가 탄생되고 그의 삶은 계속되고 있다는 것을 그는 무시하고 있다. 그가 그녀를 처음 만나던 날로 돌아가면 그것을 확인할 수 있다.

그들이 기억하는 발설되지 않은 그들만의 삽화 1

그녀가 그를 처음 만난 것은 파리 도심에 있는 몽파르나스 공동묘지에서다. 그때 그는 청년의 모습을 하고 있었다. 약하게 구불거리는 갈색 머리카락이 목덜미를 덮고 있었고, 기다란 고동색 가방끈이 그의 어깨에 둘려 있었다. 아까시나무 푸른 가지마다 새순처럼 꽃을 틔우는 7월의 여름이었다. 그를 만나기까지 그녀는 그의 이름을 몰랐고, 더욱이 남자인 줄도 몰랐다. 그녀는 그에게 열쇠를 주어야 했다. 파리에서 르 코르동 블뢰라는 요리전문학교 과정을 마치고 서울로 완전히 귀국하기 직전 그녀는 한 달 동안 자신의 스튜디오를 세놓을 생각을 했다. 스튜디오는 계약 만기까지 두 달이 남아 있었고, 성사만 잘되면 스트라스부르로 한 달 연수를 떠나는 차에 경비로 보탤 것이었다. 그녀는 후배의 제보로 인터넷 한인 사이트에서 운영하는 벼룩시장에 광고를 띄웠다. 방을 내놓은 지 열흘 만에 적당한 세입자를 찾았다. 처음으로 누구의 손도 거치지 않고 자신의 힘으로 세입자를 찾은 것에 대해 그녀는 경의에 가까운 흥분을 맛보았다. 접속된 상대는 하연정이라는 여자였고, 가족 여부는 정확하지 않았다. 서울 시내 소재 대학 강사라고 했다. 스튜디오가 비교적 학생들이나 지식계급의 먹물들에게 인기 있는 지역인 6구에 있었으므로 한 달 방값으로 수도세 포함 700에 합의를 봤다. 원화로 환산하면 90만 원에 해당하는, 생각지도 못한 거금 덕택에 그녀는 연수 후 그 지방 여행까지 여유롭게 할 수 있을 것이었다. 그런데 문제가 발생했다. 하연정이 제날짜에 비행기표를 구하지 못해 그녀가 떠난 후에 파리에 도착하게 될 것 같다고 했다. 그러고는 며칠째 연락이 없다가 그녀가 떠나는 날 아침 늦게서야 무슨 비밀결사단체의 극적인 접선처럼 일방적으로 이메일을 보냈다.

— 몽파르나스 묘지, 마르그리트 뒤라스 묘에 3시에

24

가시면 열쇠를 받을 사람이 기다리고 있을 것입니다.

　그녀는 그날 오후 늦게 파리 동역에서 스트라스부르 행 마지막 열차를 탈 예정이었다. 파리 동역과 몽파르나스 역은 전철로 20분 거리였다. 몽파르나스 역 정면 오른편에 몽파르나스 묘지가 있었고, 그녀는 약속 시간보다 일찍 도착했다. 그녀는 공원 입구로 길게 이어지는 에드가 퀴네 거리를 하얗게 떨어진 아카시아 꽃잎을 밟으며 걸어갔다. 입구에 들어서서 왼편으로 고개를 돌리자 한 청년이 묘석에 새겨진 마르그리트 뒤라스의 이니셜인 MD를 바라보고 서 있었다. 청년은 그녀가 가까이 다가가는 순간까지 묘지를 지키는 사이프러스나무처럼 움직이지 않고 서 있었다. 깊은 생각에 잠겨 있는 듯했다. 3시 5분 전이었다. 그녀는 마르그리트 뒤라스 묘 맞은편에 놓인 초록색 나무 벤치에 멈춰 섰다. 청년은 멀리서 보았을 때보다 실제 키가 크지 않았다. 오른손에 꽃이, 한 송이 노란 장미꽃이 들려 있었다. 3시가 되자 그가 돌아섰다. 그녀는 벤치에 앉아 있었다. 두 사람의 눈이 마주쳤다. 그가 그녀를 알아보는 눈짓으로 씽긋 웃었다.

　"꽃을 놓을 거면 어서 놓지 그래요. 시들기 전에."

그녀는 이미 오래전에 알아온 사람에게 하듯이 장난스럽게 그에게 말했다.

"어차피 시들 건데요, 뭐. 장미는 말라갈수록 더 애틋하죠. 말라가는 냄새, 말라가는 색깔."

그의 목소리는 크지 않았으나 '애틋'이라는 말이 그녀의 뇌리에 화살처럼 처박혔다. 그가 덧붙였다.

"뒤라스가 살았다면 이 노란 장미를 황금 장미로 만들어줄지도 모르죠. 그녀는 연금술사의 손을 가졌으니까요."

그러면서도 그는 장미를 내려놓지 않았다. 그녀는 그가 자신보다 대여섯 살은 어리게 보였다. 그녀는 서른여섯 살이었으나, 언제부터인지 자신의 나이에 대한 감각을 상실해버렸다. 서너 살은 더 먹은 것처럼 느껴지는가 하면 또 어느 때는 대여섯 살은 젊게, 심지어는 10년이나 어리게 대우받고 스스로도 그렇게 행동하는 경우가 많았다. 현재의 나이, 그것은 알아도 그만 몰라도 그만이었다. 정규방송 뉴스와 시사 토크 프로, 환율, 파업 일정, 지하철 노선표 등 그녀가 외지에서 살아내는 데 피할 수 없는 것들에 비하면 나이란 그다지 중요한 게 아니었다.

"뒤라스를 좋아하세요?"

그렇게 말하고 나니, 그녀는 프랑수아즈 사강의 소설 제목이 떠오르면서 꽤나 멋없고 상투적이라는 생각이 들었으나 어쩔 수 없었다. 평소 소설을 많이 읽지 않는 그녀로서는 그것도 노력해서 멋 부린 말이었다. 고등학교 때 문예반 선생과 연애를 하면서 옛날 문예지들을 들춰본 경험 덕분에 그런 물음도 가능했다. 브람스를 좋아하세요? 뭐, 그런 제목이었을 것이다. 그도 그녀와 같은 유의 생각을 하고 있었는지 조금 전 보인 미소를 입가에 실었다. 그가 몇 걸음 걸어와 그녀 옆에 앉았다. 뒤라스 묘석 위에는 노란 장미 두 송이가 사랑하는 사람과의 이별을 아파하듯이 서로 떨어질 수 없이 엉겨붙은 채 말라가고 있었다. 그녀는 그가 선뜻 그 위에 꽃을 놓지 않았던 이유를 알 것 같았다. 그의 손에 들렸던 노란 장미는 벤치에 놓였다가 그의 무릎 위, 그의 손안에서 처치 곤란한 물건이라도 되어버린 듯이 빙그르르 빙그르르 돌아가고 있었다.

"그렇다고 할 수 있죠. 사실은 제 누이가 좋아했습니다."

그가 손에 든 장미에서 눈을 떼고 그녀의 얼굴을 힐

꿋 돌아보았다. 그의 시선이 그녀의 눈까지 올라오지 않고 그녀의 입매에 머물렀다가 장미로 되돌려졌다. 그녀는 그의 시선을 느끼며 자기도 모르게 웃고 있었다. 처음 그의 모습을 알아보고, 그와 눈을 마주치고, 그가 그녀에게로 걸어오고, 그녀 옆에 앉는 그 짧은 시간 동안 그녀는 가벼운 혼란에 빠졌다. 그를 보는 순간 그녀는 찰나적으로 전생의 어느 한 장면을 엿본 듯했다. 그가 있는 그녀의 전생. 그러나 그 순간은 그야말로 찰나적이어서 그녀는 실감을 하지 못하고 어리둥절해하고 있었다.

"아, 〈연인〉을 좋아하셨겠네요."

그녀는 그에 대한 자신의 감정이 새 나가 들킬까 봐 서둘러 생각나는 대로 물었다.

"그보다는 〈롤 발레리 스텡의 황홀〉이라는 작품을 좋아했던 기억이 나는군요."

그녀로서는 처음 들어보는 제목이었으나 그의 입에서 흘러나오는 '롤 발레리 스텡'이라는 프랑스어 발음과 '황홀'이라는 한국어 발음이 동일언어처럼 자연스럽게 그녀의 귓속으로 미끄러져 들어왔다.

"그녀의 〈연인〉을 영화로만 봤어요. 아주 오래전에

우연히 『복도에 앉은 남자』라는 소설을 읽었구요."

문예반 선생의 자취방에 처음 들르던 날이었다. 8월 인데도 선풍기도 없는 작고 밀폐된 방이었다. 그때 그녀의 나이가 열여덟인가 열일곱이었고, 그 방에서 그녀가 나올 때는 더 이상 처녀가 아니었다. 그녀가 다시 그 방을 찾아갔을 때는 방문은 잠겨 있었고, 밤새 첫눈이 내렸다. 문예반 선생은 봄이 되자 철새처럼 다른 도시로 떠나가버렸다. 그녀는 하늘을 날아가는 새에 눈길을 주는 시간이 길어졌고, 그 길이만큼 침묵의 시간도 길어졌다. 그녀의 입을 굳건히 붙잡고 있던 침묵이 그녀의 소리를 야금야금 갉아먹었다. 그즈음 그녀를 안 사람들은 그녀의 목소리를 좀처럼 기억해내지 못했다.

"이름도 나이도 출신도 모르는 두 남녀가 육감으로만 사랑을 하죠. 아니, 사랑행위를 나누죠. 참, 이상한 소설이었어요."

그녀는 이번에도 '이상한'이라는 수식어말고 다른 말을 붙이고 싶었다. 말과 생각이 겉도는 현상, 의지대로 몸을 움직일 수 없는 단절감 혹은 일시적 마비증세 같은 것, 그것을 이상한이라는 평이한 단어로 설명하기에는 정작 핵심적인 무엇인가가 빠졌다고 그녀는 생각했다. 그러나, 그녀의 머릿속은 빈 깡통처럼 늘 그녀가 전달하고자 하는 대로 따라주지 않았다. 파리에 체류하기 전부터 그런 상태는 몇 년째 계속되어왔다.

"글쎄요, 그렇게 이상했던가요?"

그는 그녀를 바라보지 않은 채, 하늘로 턱을 비스듬히 들어 올리고는 혼잣말하듯이 말했다. 그녀도 그가 바라보는 방향의 하늘을 바라보고 있었다. 정오까지 먹구름으로 시커멓던 하늘이 동쪽으로 동쪽으로 구름이 밀려가면서 몽파르나스 묘역 주변으로 파랗게 열려가고 있었다. 구름이 비껴간 맑은 하늘에서 햇살이 쏟아지고 그녀는 그 순간 그와 나란히 앉아 있는 풍경이 아름답다고 생각했다. 그러면서 그녀는 그가 누구인지 전혀 모른다는 사실에 깜짝 놀랐다. 또 그러면서 그렇게 나란히 앉아 있는 사실에, 거기다가 생판 모르는 그에게 걷잡을 수 없이 감정이 쏠리고 있는 사실에 더 깜짝 놀랐다. 마치 꿈에서 본 장면을 실제 살고 있는 듯 기묘하기만 했다. 그러고 보니 이상한 것은 소설이 아니라 그들이었다. 그렇게 처음 만나 그들과는 아무 상관도 없는 이방인 여자의 묘 앞에서 그녀의 소설 이야기를 하고 있을 수 있다는 것이.

"책을 많이 읽으셨군요."

그녀는 그의 가느다란 몸이 온통 활자로 박혀 있는 듯이 빽빽하게 느껴졌다. 햇빛을 받아 금빛 머릿결이 넘실거리는 그의 두개골은 숲으로 뒤덮인 대지로 여겨졌다. 그는 익숙한 물음인 양 자신에게 어울리는 듯한 은밀한 웃음을 지었다.

"이젠 안 읽습니다. 그래도 난생처음 파리라는 데에 와서 발길이 머무는 곳이 이런 묘지 앞이네요. 복도에 앉은 남자처럼요. 어쩔 수가 없죠."

어쩔 수가 없죠, 라는 그의 말이 그녀에겐 꼭 피는 못 속이죠, 라는 말과 같이 들렸다.

"사실, 저는 뒤라스가 죽었는지도 알지 못했어요. 그런 게 저에겐 그다지 의미가 있지도 않고요. 그런데 이젠 좀 달라질 것 같아요. 뒤라스가 특별할 것까지는 없더라도 기억은 남을 것 같아요. 몽파르나스 묘지에 뒤라스가 묻혀 있다, 정도는."

"기억한다는 것은 특별하다는 것이지요. 좋든 나쁘든."

군데군데 흩어져 있던 엷은 구름이 뒤따라와 해를 가리면서 그들에게 그림자를 드리웠다.

"그렇긴 해요, 저 같은 여자가 『복도에 앉은 남자』를 기억하는 것을 보면요. 그런데 그들이 있던 곳은 어디였을까요? 남프랑스, 지중해 어디쯤이었을까요?"

"아니죠. 인도 어디였을 겁니다. 뒤라스가 식민성에 근무했기 때문에 소설의 무대가 대부분 동남아시아였죠. 그 소설에서 공간이 어디냐가 중요한 것은 아니지만, 하여튼 가파른 정원이 있고, 바다인지 계곡인지 강인지 안개 자욱한 광막한 공간이 펼쳐지던 것으로 기억합니다."

그가 그들의 발치에 내려와 있는 구름 그림자에 눈길을 주며 아련하게 말했다.

"뒤라스에 대해 정통하신 것 같아요. 그녀의 묘지를 찾을 만하시군요. 그런데 모래 해변에 임시로 지어진 나무집이 있지 않았나요? 그 남자가 앉아 있던 어두운 복도가⋯⋯."

자신이 뒤라스 소설에 열을 올리는 것이 자신으로서도 왠지 모를 일이었다.

"정통한 것은 아니고, 언젠가 파리에 오면 이곳을 찾고 싶었습니다. 뒤라스뿐만이 아니라 사르트르와 보부아르가 합장된 묘에도 가보고 보들레르나 베케트의 묘도 찾아보고 싶었구요."

그의 입에서 나오는 이름들 중에 그녀가 알아들을 수 있는 이름은 뒤라스 외에 사르트르와 보부아르 정도였다. 그 외의 이름들은 들어본 것도 같고 아닌 것도 같았다. 그러나 그녀에게는 지금 그것이 중요한 것이 아니었다.『복도에 앉은 남자』와 그것을 읽던 8월의 그 후끈한 여름이 그녀의 뇌리에서 맴돌고 있었다. 그녀는 아주 오랜만에 첫 섹스의 순간이 떠올라 순간적으로 얼굴이 후끈 달아올랐다. 그가 그런 그녀의 얼굴을 바라보며 제안했다.

"시간이 되면 함께 사르트르한테 가볼까요. 묘지 약도에는 이 길 바로 저쪽에 있는 것으로 나와 있는데……."

그녀는 대답 대신 몽파르나스 타워 쪽으로 시선을 돌렸다. 하늘을 찌를 듯이 치솟은 검은 건물 기둥이 그녀의 들쑤셔진 가슴을 내려다보고 있었다.

"전, 여기, 뒤라스 옆에 조금만 더 있다가 갈게요. 기차 시간이 얼마 남지 않아서요."

"『복도에 앉은 남자』가 무척 인상적이셨나 봅니다."

그녀는 애매하게 고개를 끄덕였다. 해가 구름에서 벗어나면서 잠깐 뒤라스 묘석 위에 놓인 시든 장미를 황금빛으로 물들였다. 황금빛 물결 속에 그녀는 소설 속에서 막막하게 펼쳐지던 강펄의 모래를 보는 듯했다. 햇빛이 강렬했다. 모래와 강물과 하늘과 지평선을 하얗게, 하얗다 못해 검게 변색시키는 빛이 두 남녀의 몸을 하나의 출렁이는 물결로 애무하는 긴 여름날 오후였다. 두 사람은 열쇠를 주고받을 생각도 않고 곧 헤어질 시간을 의식하지 못한 채 마르그리트 뒤라스의 묘 앞 초록색 나무 벤치에 말없이 앉아 있었다. 그 여름, 그들 머리 위로 해그림자가 긴 하루를 끌고 가고 있었다.

그날 공동묘지로 약속을 정한 것은 그였다. 그것은 그날 이루어진 대화로 봐서 충분히 알 수 있는 내용이다. 그러나 첫 만남을 묘지로 정하는 것은 그리 흔한 일이 아니다. 그는 파리가 초행길이었다. 파리에는 몽파르나스 묘지 이외에도 페르 라 셰즈와 몽마르트르라는 대형 공동묘지가 있고, 세계사나 문학책에서 한 번쯤 들어본 역사적인 인물들이 거기들 묻혀 있다. 그녀는 파리에 2년간 머물면서 한 번도 그런 곳에 발을 들여놓은 적이 없기 때문에, 그가 파리에 온 지 하루밖에 지나지 않았어도, 당연히 그녀보다 파리에 대해 더 많은 것을 알고 있는 것으로 생각했다. 그녀가 한 달 보름 후 연수와 여행을 마치고 스트라스부르에서 돌아왔을 때, 그녀의 스튜디오에는 달라진 것이 눈에 띄지 않았다. 과연 하연정이라는 여자가 그 방에 살았는지, 아니면 그가 머물렀는지, 아니면 둘이 함께 지냈는지, 그녀가 비워주고 갈 때와 같이 개수대에는 물때와 기름때가 찌들어 있었고, 밥솥과 식기류는 손댄 자국 없이 마른 먼지가 쌓여 있었다. 다만 책꽂이에 대롱대롱 매달려 있던 세 칸짜리 사진틀이 약간 비뚤어져 있을 뿐이었다. 그러나 그것은 누구의 손을 타지 않더라도 스스로 흔들릴 수 있는 물건이었다. 하연정이, 혹은 그가 거기에 있었다는 증거는 컴퓨터 옆에 가지런히 놓인 열쇠와 사각의 연둣빛 작은 메모지가 다였다. 그녀는 더 이상 스페어 열쇠가 필요 없었다. 한 달 후 그녀는 서울로 돌아왔다.

그래, 죽기 전에 무엇이 보였으면 좋겠니, 네 눈에는? 그는 현관문을 나가다가 말고 그녀에게 묻는다. 문을 닫으려던 그녀가 눈만 껌벅거리고 있자, 과제를 확인하듯이, 내일까지 대답을 준비해놓으라고 한다. 내일, 곧 목요일은 그가 지방으로 강의를 가는 날이다. 그

가 한 번에 한 가지 일만을 하지 못하는 것과 달리 그녀
는 여러 가지 일을 한 번에 하려고 하지 않는다. 그것은
그녀가 키스를 할 때 눈을 지그시 감는 것과 관계된다.
그녀는 키스를 하면서 그의 얼굴을 보지 않으며, 더욱
이 키스를 하며 다른 데, 천장이나 하늘을 보지 않는다.
키스면 키스만 탐할 뿐이다. 처음 그녀는 키스를 하면
서 두 손을 어디다 두어야 할지 몰라 하다가 좋은 방법
을 찾았는데 자신의 등 뒤로 묶어두는 것이었다. 엄마
품을 떠난 이후 마마보이 기질이 몸에 밴 그는 그녀가
자기를 사랑스럽게 안아주지 않는 것이 불만이다. 그래
서 할 수 없이 등 뒤로 묶인 그녀의 두 손까지 자기가 꽉
끌어안아버린다. 그녀는 죽기 전에 무엇이 보일까가 궁
금한 것이고, 그것은 무엇을 보고 싶다는 것과는 사실
별개의 문제이다. 지금 무엇을 보고 싶다고 끝까지 희
망한다고 해서 보일 일도 아니고, 그녀는 언제 죽을지
도 모른다. 그녀가 죽을 때를 안다면 그에게 대답해주
는 것은 그리 어렵지 않을 것이다. 지금 당장 죽는다면,
그녀는 그의 눈동자를 보고 싶다고 말할 것이다. 그러
나 10년 후나 30년 후, 아니 40년 후에 죽는다면, 이승에
서의 마지막 영상으로 그녀가 바라는 것이 그의 눈동자

는 아닐 것이다.

그는 그녀의 오피스텔에서 나올 때마다 자신감이 생긴다. 가장 자기 자신에 가까워져 있음을, 비로소 남자다워졌음을 느낀다. 그날도 그는 늘 하는 여러 가지 질문 중에 그 물음을 빠뜨리지 않았다. 그래, 너는 나의 어디가 좋은 거냐? 그녀는 아주 잠깐 생각하다가 매번 똑같이 그의 눈이 좋다고 말해준다. 그 말을 들은 후로 그는 자신의 눈에 자신감이 생겨서 거울 앞에 서 있는 횟수와 시간이 많아진다. 카페에서나, 술집에서, 심지어 거리에서 부딪치는 모든 여자가 자기를 사랑의 눈으로 쳐다보는 것처럼 착각한다. 그는 날개 큰 알바트로스처럼 지상에 발을 딛지 않고 날개로만 살 수 있을 것 같다. 지상에서의 뒤뚱이는 걸음걸일랑은 애초에 자신과 맞지 않는다고, 이 세상은 자신에게 어울리지 않고, 자신은 이 세상을 내려다볼 권리가 있으며, 이 세상은 자신을 우러러볼 의무가 있다고 생각한다.

그가 나가고 20분 뒤 그녀는 그의 전화를 받는다. 내가 잘생겼는가? 그녀는 냉장고에서 뉴질랜드산 골든 키위를 꺼내던 참이다. 골든 키위를 티스푼으로 파 먹으면서 그녀는 그가 현관문을 나가면서 내준 질문을 제법 골똘히 생각해보려고 했다. 장국영이 나오던 그 영화라도 다시 보아야 할지 모른다고 생각했다. 그녀는 한 손으로는 핸드폰을, 다른 한 손으로는 과도를 들고 있다가 그의 새로운 질문에 어리둥절해한다. 그는 잘생겼는가? 그녀는 그렇게 스스로에게 반문해보며 들고 있던 부엌칼로 골든 키위의 몸체를 반으로 쑥 자른다. 두 동강이 나는 키위를 내려다보며 그녀는 그가 던진 새 질문의 맥락을 잡는다. 그녀는 죽기 전의 문제 직전에 그의 눈이 좋다고 말해준 것을 상기한다. 키위의 속살에서 뿜어져 나오는 시큼한 냄새가 그녀의 혀를 자극한다. 그녀의 입 안에는 순식간에 침이 넘친다. 그는 그녀의 말을 자기 맘대로 비약하고 있다. 갑자기 왜 그러는 거예요? 하고 묻고 싶지만 그녀는 혀에 괸 침을 삼키느라 입을 다문다. 그는 듣고 싶은 말을 해주지 않으면 오후 내내 어깨를 펴지 못할 것이다. 그럼요. 잘생겼어요, 나에게는. 그녀는 끝내 그가 만족할 만한 대답을 겨우 해준다. 정말, 내가 잘생겼는가? 그는 그녀가 애써 해준 대답을 또 듣고 싶어 한다. 그녀는 그가 좀 이기

적이라는 생각을 처음으로 한다. 그녀에 대해서는 조금도 배려를 하지 않는 그가 얄밉다는 생각도 든다. 그래도 그녀는 대답을 미뤄서는 안 된다. 지금까지 잘 유지해온 관계를 그깟 일로 깨뜨리지 않기 위해서는 그에게 손톱만큼이라도 실망을 주어서는 안 된다. 당신은 확실히 잘생겼어요, 나에게는. 그녀는 작정을 하고 그의 귀에 못이 박히도록 또박또박 말해주고 싶다. 그러나 그녀는 그렇게 하지 않고 혀를 이 사이로 꾹 말아들인다. 응? 응? 그가 재촉을 한다. 그는 별것 아닌 일들에 너무 많이 신경을 쓰고 있다. 그가 잘생겼나를 이제 와서 알면 어떻게 하겠다는 것인가? 그녀는 몹시 애처로운 표정을 지으며, 그러나 끝까지 상냥함을 잃지 않고 그에게 말해준다. 당신 눈을 좋아해요, 당신 눈! 그는 비로소 만족한 대답을 들었다는 듯, 내가 잘생겼는가, 라고 혼잣말하듯 내뱉고는 전화를 끊는다.

그의 눈이 그녀에게 인상적으로 들어온 것이 언제쯤인지 그녀는 정확히 기억하지 못한다. 그러나 그녀는 그의 포로가 된 게 그의 눈 때문이라고 생각하고 있다. 그 생각이 그에게 얼마나 자신감을 부여했는지, 첫 만남 때와는 확연히 달라진 그의 말투로 알 수 있다. 그녀 방에서 그녀에게 하는 그의 말투는 몽파르나스 묘지에서의 그 청년이 바로 그 사람인가 의심할 정도로 생판 다르다. 그의 목소리는 그녀를 만나기 훨씬 전부터 해가 갈수록 작아져서 그녀를 만날 때쯤에는 상대방에게 겨우 전달될 만큼 미약했다. 그런데 그녀를 만나면서 그의 목소리는 점점 힘이 넘쳐서 이제 목청이 파열될 정도다. 거기다가 그가 그녀의 방에서 그녀에게 하는 뻣뻣한 반말투는 매우 권위적으로 들리기까지 한다. 그러나 그녀는 그 사실을 전혀 자각하지 못한다. 그것은 그녀가 그와 사랑한 후 그의 가랑이 사이나 겨드랑이 사이로 기어들어 가는 것과 관계가 있다. 그녀는 그가 반말을 쓸 때 자신이 정말로 사랑받고 있다는 기분이 든다. 그가 그녀와 동등해지려고, 아니 그녀 위에 군림하려고 하는 것과 마찬가지로 그녀 역시 그와 동등해지려고, 아니 그 아래 엎드리려고 한다. 그럴 때 그녀는 곡예 하듯이 다리를 좍 벌려 역삼각형 자세를 취해준다. 그러면 그는 반대로 그녀에게 그녀와 같이 긴 다리를 좍 벌려 삼각형 자세를 만들어준다. 그들이 합치될 때는 믿어지지 않을 만큼 견고한 다이아몬드 꼴을 이룬다. 그녀는 그의 눈이 언제 결정적으로 그녀에게 들어왔는가 따위는 안중에도 없다. 그녀가 조금이라도 다른 데 정신을 팔면 다이아몬드는 금세 해체되고 만다.

내 눈이 어떤데? 그는 그렇게 묻지 않는다. 그에게 중요한 것은 지금 그가 잘생겼나이다. 그렇게 사람들이 생각하는가이다. 일단 그녀가 그렇게 생각하는 것으로 그는 사람들의 생각을 대신하려고 한다. 그는 그 믿음 하나로 취직에 대한 집착을 조금 떨쳐버리려고 한다. 미래에 대한 불안을 조금 잊으려 한다. 아내에 대한 죄책감을 조금 덜어내려 한다. 그는 충분히 그럴 수 있다. 그는 너무 할 일이 없는 것이다. 머릿속을 단순하게 만드는 일밖에 그에게 주어진 것이 없다. 그는 정말이지 책을 너무 많이 읽었고, 지식을 너무 많이 쌓았다. 넘칠 듯이 흔들리는 탑의 내용물을 쏟아내지 않으면 그는 그것과 함께 고꾸라져 그 속에 파묻혀 죽을 것이다. 빨간 머리 소녀를 먹으려다 돌덩이를 먹어버린 늑대가 제 무게에 못 이겨 깊은 우물 속으로 고꾸라져버리고 만 것처럼.

그의 눈이 어떤가? 그녀는 확실히 그의 눈을 좋아한다. 그렇다고 그것이 가장 좋은 것은 아니다. 그의 신체 부위에서 그것은 세 번째쯤 된다. 첫 번째는 그의 혀이다. 그것은 부드럽고 달콤하다. 그리고 그의 남성. 역시 부드럽고 따뜻하다. 그리고 그의 눈. 부드럽고 깊다. 부드럽고 따뜻하고 깊은 이 세 가지, 그녀를 사로잡은 이 세 가지의 공통점은 부드럽다는 것이다. 그녀는 그렇다고 평소에 부드러운 것들을 좋아했나? 부드러움에도 얼마나 많은 편차가 있는가?

그녀가 요리학교에서 특히 흥미를 보였던 것은 디저트와 케이크류를 만드는 페이스트리 과정이다. 그는 수요일이면 그녀의 방에 와서 그녀가 내놓는 색다른 케이크를 맛본 후 그녀와 사랑을 나눈다. 그가 그녀의 방에서 처음 맛본 것은 퐁당쇼콜라다. 그것은 뜨거운 초콜릿에 녹아 흘러내리는 케이크로 달콤함으로 치면 첫 키스의 강렬함을 전해주는 데 그만이다. 그는 단것이라고는 오래 맛보지 못한 전쟁고아처럼 한동안 생크림이 얹힌 몽블랑 케이크와 초콜릿이 뿌려진 초코 치즈 케이크를 손가락으로 찍어 얄미울 정도로 세심하게 빨아 먹었다. 그런 그를 바라볼 때 그녀는 어디에서도 경험해보지 못한 야릇한 흥분감을 맛보았다. 그러나 후식은 어디까지나 후식일 뿐, 중독성이 강하면서도 메인이 되지는 못한다. 그것은 때와 장소에 따라 있어도 그만, 없어도 그만이라는 것을 그녀는 누구보다 잘 안다. 그리고 무엇보다 그녀가 창조해내는 케이크들은 혀끝을 일시적으로 매료시키는 부드러움과 달콤함이 생명이면서도 그 달콤함으로 인해 오래가지 못하는 치명적인 단점을 가지고 있다. 그는 그녀의 케이크를 먹으면서 그러한 케이크의 운명에 애도를 표한다. 그러나 그가 모르는 것은, 오래가지 않는 것, 그것이 얼마나 그녀를 홀가분하게 해주는가이다. 그녀는 그 역시 문예반 선생처럼 철새가 되어 언제 날아갈지 모른다고 항시 생각하고 있다. 그런 의미에서 그녀는 그에게 전혀 부담을 주지 않는다. 끝없이 쏟아지는 그의 말과 그의 욕망을 고스란히 받아주면서 그녀 역시 다른 여자들처럼 그의 아이를 갖고 싶다거나, 며칠간 함께 여행을 떠나고 싶다는 말을 할 수도 있다. 그러나 그와 관계를 가지면서 그녀는 빈말이라도 그런 말을 지껄인 적이 없다. 그녀의 머릿속에는 어차피 그는 떠나게 되어 있다는, 모든 남자는 떠나게 마련이라는 생각이 너무 강력하게 뿌리 박혀 있다. 그 생각 대신 그녀는 한두 번 그에게 아내가 있지 않을지도 모른다고 생각한 적은 있다. 아내가 없다고 해도 달라질 것은 없으나, 그는 극구 아내의 존재를 그녀에게 상기시킨다. 그러면서 그녀의 반응을 살핀다. 그녀가 질투하기를 원한다. 그러나 그녀는 애석해하거나 불쾌한 표정을 짓지 않는다. 당연히 죄책감을 갖지도 않는다. 그녀는 그들의 관계를 깨뜨릴 의사가 전혀 없다. 그가 아내와 등지고 그녀에게 온다 해도 그녀는 그와 오래갈 것이라고 생각하지 않는다. 그럼 너는 뭐냐? 그가 묻는다. 나는 나지. 그녀가 대답한다. 그는 그녀가 농담하는 줄 안다. 그녀의 볼을 손등으로 쓱쓱 문질러 준다. 내가 잘못 물어봤군. 그래, 너는 내가 어떻게 하기를 바라냐? 그는 그 자신을 잘 모른다고 그녀는 생각한다. 그가 그녀에게 치닫고 있지만 사실 그가 내달리는 대상은 그녀가 아니다. 그가 장차 도달할 지점은 거기가 어디이건 맹점이며, 그의 행위는 맹목일 뿐이다. 그녀는 철저히 일시적인 대리물이다. 그가 그녀의 대리물이듯이. 잡지도 않고 잡히지도 않는 관계. 그는 그것이 빌미가 되어 덫에 걸린 새처럼 그녀를 떠나지 못한다. 그는 깊어질수록 텅 비어 있는 그녀의 맹점에 빠져 들어 간다. 그가 속은 것이다. 그들이 우연히 극적으로 재회한 날, 그녀가 떨었던 것은, 그날 그 순간 그 때문에 일어난 현상이 아니라는 것을 그가 몰랐던 것이다. 그녀의 몸은 선천적으로 열을 많이 지니고 있는 사람처럼 거의 모든 시간 미세하게 떨리고 있으니 말이다. 그날 떨었던 사람은 그녀가 아닌 그 아니었을까? 그녀는 오히려 그렇게 생각하고 있다.

그들이 기억하는 발설되지 않은 그들만의 삽화 2

그녀가 서울에서 그를 다시 만난 건 인사동의 사진 전문 갤러리 오프닝에서였다. 그날 그녀는 그와 손을 맞잡고 춤을 추었다. 그런 일은 일어나지 않는 경우가 대부분이었으나 어쩌다가 일어날 수도 있는 일이었다. 그가 그날 그 자리에 나타난 것은 전혀 예상치 못한 일이었다. 그녀는 서울에 돌아와서 도심에 있는 특급 호텔 외식부 직원이 되었고 그날은 그 호텔 홍보부장의 와이프인 갤러리스트의 부탁으로 오프닝 뷔페를 코디하게 되었다. 그녀는 프렌치 치즈와 라즈베리 케이크를 위주로 한 와인 뷔페를 주재했는데, 그것이 갤러리스트를 크게 만족시키는 바람에 그녀는 뒤풀이로 홍대 앞

피카소 거리에 있는 갤러리스트의 아틀리에까지 끌려
가게 되었다. 오프닝 초대전은 19세기와 20세기를 잇는
흑백사진 작가들 위주로 기획전시되었고, 전시물의 테
마가 강하고 어둡다 보니 뷔페는 분위기를 다채롭게 북
돋을 수 있는 깔끔하면서도 컬러풀한 테이블 세팅이 필
요했다. 그는 그날의 초청인 중의 한 사람이었다. 그는
갤러리 후원자가 운영하는 사진 전문잡지 《상*》에 「러
시아 형식주의자들」이라는 논문을 번역 게재한 인연으
로 그 자리에 초대되어 오게 된 것이었다. 그날 모인 사
람들과는 달리 그는 그녀와 마찬가지로 사진에는 식견
이 없었다.

"우리 만난 적 있죠?"

그가 그녀에게 다가와 그렇게 말하기까지 그는 그녀
와 같은 장소에서 두 시간을 보낸 후였다. 그 자리에 모
인 사람들은 그녀에게 그날의 케이크에 대해 한마디씩
하면서 가볍게 와인잔을 부딪쳐왔는데, 그는 그들 중
맨 마지막 사람이었다. 부딪쳐오는 잔에 일일이 응대해
주던 그녀는 짧은 시간에 꽤 많이 취했고, 취기를 못 이
겨 작업실 구석구석을 어슬렁거리며 오디오에 시디를
갈아 끼우거나 손에 잡히는 대로 이 책 저 책 들추었다.

마침 그녀가 쌓아놓은 수십 장의 시디를 일일이 섭렵한 끝에 영화 〈글루미 선데이〉의 타이틀곡을 튼 순간이었다. 그녀는 눈을 감고 핏빛으로 물든 부다페스트의 일몰 풍경을 아련한 기억으로 더듬고 있었다. 그의 목소리는 속삭이듯 아주 작았으나 그녀의 귀를 사로잡았다. 수백 명의 젊은이들 자살로 내몰았다는 치명적으로 음울한 멜로디에 감정이 치받쳐 올라 그녀 스스로 소스라치게 눈을 번쩍 떴는지도 몰랐다. 그녀가 너무 크게 눈을 뜨고 그를 올려다보는 바람에 오히려 그가 당황해하는 것 같았다. 목덜미까지 곱슬거리는 머리. 고생 끝에 술을 끊은 화가처럼 얼굴이 핼쑥하고 드라이하게 보이기는 했지만 그녀는 그를 기억할 수 있었다. 그녀는 자기도 모르게 씩 웃었다.

"『복도에 앉은 남자』?"

둘은 똑같이 복창하듯이 서로 얼굴을 마주 보며 말했다. 그녀의 소리가 그의 것보다 조금 더 크게 울렸다. 멀찍이 테이블에 앉은 일원들이 놀라 둘에게 시선을 던졌다.

"뒤라스!"

어이없다는 듯이 고개를 돌렸다가 또 입을 연 것이

역시 복창이 되었다. 둘은 손뼉 치듯이 서로 얼굴이 뒤로 젖혀지도록 유쾌하게 웃었다. 그때 갑자기 산타나의 경쾌한 라틴 리듬이 크게 울려 퍼졌다.

"〈글루미 선데이〉는 악마의 선율이야. 특히 오늘 같은 날엔 자살의 송가가 어울리지 않지, 안 그래?"

갤러리스트가 담배를 깊숙이 빨아들이며 시간이 길어짐에 따라 어깨도 눈꺼풀도 괴괴하게 늘어지던 사람들을 툭툭 치며 자리에서 일으켜 세웠다. 모두 소란하게 바람을 일으키며 몸을 흔들어대는 통에 분위기 전환이 되었다. 산타나에 이어 비비킹의 블루스곡이 이어졌다. 그가 구석으로 뒷걸음치던 그녀에게 손을 뻗었다. 뜻밖의 상황이었으나 그녀는 주위의 분위기에 맞춰 얼떨결에 그의 손을 잡았다. 어느 결에 흩어졌던 사람들이 서로의 몸을 의지한 채 흔들흔들 발을 움직였다. 그녀는 그들 속에서 그와 몸이 닿을 듯이 맞서 있었다. 서로 숨을 핥듯이 가까운 거리가 그녀의 심장을 격렬하게 뛰게 했다. 막상 그렇게 손을 잡고 나자 호쾌하게 웃던 그나 거리낌 없이 즐겁던 그녀나 어색해져서 오히려 떨어져 있을 때보다 더 상대에게 거리감이 느껴졌다. 그녀는 자신의 코에서 나오는 콧김이 그의 목덜미에 끼치고 있음을, 그것이 일으키는 마찰에 그가 간지러워하고 있음을 예민하게 의식하고 있었다. 그는 생각보다 키가 크지 않았다. 그러고 보니 그 생각은 처음이 아니었다. 그녀는 풋, 소리를 내며 웃었다. 웃음소리에 그녀의 머리카락이 그의 목덜미 위로 풀썩 밀려가 나풀거렸다. 가랑이에 맞닿은 다리에 쭈뼛 힘을 주며 그가 맞잡은 손을 꽉 움켜쥐었다.

"떨고 있네요."

그녀는 그의 말에 손에 들고 있던 유리잔을 떨어뜨린 것처럼 무심결에 그 자리에 멈춰 서고 말았다. 그는 그녀의 경직된 반응에 한두 박자 느리게 움직였다가 그녀를 이전의 움직임으로 유연하게 이끌었다. 그녀는 자신이 떨고 있다는 사실을 알지 못했다. 그 사실이 그녀를 당혹스럽게 했다. 자신이 왜 떨고 있었을까. 그가 알아챌 만큼, 그녀 몸이 그에게 반응을 하고 있는 것을 그녀는 전혀 자각하지 못하고 있었다. 그녀는 계면쩍은 표정을 지었다. 그는 그녀의 찡그린 표정을 보지 못했고 쥐고 있던 그녀의 손가락을 꽉 모아 쥐고서는 손등을 어루만지다가는 다시 잡아 쥐었다. 그의 손에 붙잡힌 그녀의 다섯 손가락은 어떻게도 빠져나갈 수 없을

50

것 같았다. 그녀는 그의 손힘이 세게 전달되면 될수록 이상하게 속으로 안정감을 느꼈다. 블루스가 끝나자, 그녀는 어색하게 그의 팔에서 떨어져 나왔고, 그는 앉았던 자리로 되돌아갔다. 그녀는 뭔가 음침하게 경계를 넘은 것처럼 그를 똑바로 바라보지 못했다. 사람들 틈에 끼어 앉은 그를 그녀는 아무도 눈치채지 못하게 조금씩 바라보았다. 뜸하게 간격을 두고 두 사람의 눈이 짧게 마주쳤다. 그러나 이내 약속이라도 한 것처럼 시선이 다른 데로 옮겨 갔다. 그녀는 그가 앉아 있는 테이블로 가지 않고 출입문 옆 암실로 이어지는 벽면에 놓인 의자에 앉아 샤임 수틴이나 살바도르 달리, 르네 마그리트 같은 초현실주의 화가들의 화집을 뒤적였다. 두 사람은 같은 장소에서 멀찍이 떨어져 앉은 채 또 두세 시간을 보냈다. 피카소 거리로 면한 작업실 창밖으로 뿌옇게 동이 트고 있었다.

그래, 죽기 전에 무얼 보고 싶은지 생각해봤니? 그의 목소리가 웬일인지 세 음 정도 내려간 날 오후다. 평소 그의 음성은 피아노의 가온 도에서 한 칸 아래로 내려간 시 음과 비슷하다. 그날은 그러니까 파 음에 가깝다.

거기다 맥이 빠져 있다. 그녀는 기분전환을 위해 브람스의 〈헝가리 무곡〉을 틀어준다. 무슨 문제가 있나요? 그녀가 공손하게 존대하여 묻는다. 그가 브람스를 좋아할지 안 할지 모른다. 그의 눈꺼풀이 무거운 커튼처럼 눈동자를 가리고 있다. 그녀는 커튼을 열어젖히듯이 손가락으로 그의 눈꺼풀을 추켜올리고 그의 눈동자를 들여다본다. 검은 동자에 빛이 비쳐들어서 갈색의 수정이 된다. 그는 이제 케이크를 먹지 않는다. 잇몸이 다 들고 일어났어, 젠장. 그는 불쾌한 표정을 짓고는 그녀에게 보라는 듯이 입을 쫙 벌린다. 그녀는 그를 바닥에 꿇어앉히고는 그의 눈 대신 입 속을 들여다본다. 잇몸이 물에 불은 밀가루 반죽처럼 밍글밍글 부풀어 있다. 거기다가 사랑니까지 속을 썩이고 있어, 젠장. 그는 아이처럼 투덜대며 울먹인다. 정말이지 어떻게 되는 게 없어. 그녀는 그의 턱을 손으로 받치고 그의 머리통을 가슴에 가져와 꼭 끌어안아준다. 미안해요, 내 잘못이에요. 그녀는 걱정의 말을 하면서도 그와 다시 키스를 하지 못할까 봐 염려한다. 사랑니하고 사랑하고 무슨 상관이 있는 거니? 그가 그녀의 손을 풀어헤치면서 고개를 비죽 쳐들고 묻는다. 빛에서 벗어난 동자는 다시 검고 촉

촉하게 모아져 있다. 긴 다리를 웅송그리고 엉거주춤 앉은 폼이 꼭 기다란 몸체에 기형적으로 다리가 짧은 닥스훈트처럼 보인다. 닥스훈트는 헛짖음의 명수다. 원래 오소리 사냥개였던 것이 애완견으로 전락하자 할 일이 너무 없어진 탓이다. 그녀는 졸지에 닥스훈트와 동일시된 그가 가엾고, 그의 물음 역시 우습기 짝이 없지만 그의 기분을 생각해서 웃지는 않는다. 그의 눈빛이 그녀에게 진정 절박하게 애원하고 있기 때문이다. 불안해하고 있기 때문이다. 그는 다시 그녀의 한 손을 끌어다가 자신의 턱에다 받치게 하고 다른 한 손으로 그의 머리를 감싸안아주도록 한다. 그녀는 그가 원하는 대로 해준다. 혹시, 당신, 나 사랑하는 거 아니에요? 그녀가 의외라는 듯이 시큰둥하게 묻는다. 그는 대답을 하지 않고 대신 그녀 가슴에 얼굴을 묻은 채 이마로 그녀의 젖가슴을 쾅쾅 친다. 어쩜, 당신, 날 사랑하는군요, 그렇죠? 그녀가 다그쳐 물어도 그는 크게 자존심이 상한다는 듯 대답을 미룬 채 이마만 냅다 그녀 가슴에 지른다. 그의 코와 이마가 그녀의 가슴에 세게 부딪히면서 텅텅 공명음을 낸다. 아파요, 아파. 그녀는 작게 소리를 내며 달래듯이 그의 머리채를 잡고 쓰다듬어준다. 그런 거야? 사랑니하고 사랑하고 그런 거야? 젠장, 내가 당신을 사랑하게 되다니! 그녀가 머리채를 잡아 쥐어도 그는 벌레 씹은 낯짝으로 찌르기를 멈추지 않는다. 아파요, 정말, 가슴이 아프다구요! 그녀는 이마를 찡그리며 그의 머리를 떼고 젖가슴 위쪽 쇄골 부위에 손을 댄다. 그는 그녀가 아픈 것이 마음에 든다. 다른 날과 달리 그들은 아직 섹스 전이다. 그는 그녀가 문을 열어주는 동시에 못 참겠다는 듯이 그녀의 입을 빼앗아버리곤 했다. 그런데 지금 그에게는 사랑니의 원인과 정체를 알아내는 것이 더 시급한 문제이다. 사랑니하고 사랑하고는 관계있을 수도 있고, 없을 수도 있어요. 사랑니 앓는 사람이 다 새로운 사랑에 빠지지는 않을 거예요. 사랑 없이도 사랑니가 아프면 앓아야 하는 것과 마찬가지죠. 사랑을 하면서 사랑니를 앓는다면? 그건 운이 좋다고 해야죠. 이 문제는 아무래도 당신이 더 잘 알죠. 난 사랑니를 앓아본 적이 없으니까요. 그녀의 가슴에서 분리된 그의 얼굴 한쪽 볼이 추악하게 일그러져 있다. 그녀는 서랍을 열고 소염진통제 두 알을 꺼내 자기의 입에 넣었다가 물과 함께 그의 입으로 디밀어준다.

그녀는 그에게 케이크를 너무 많이 먹였다. 그의 잇몸은 점점 거세게 들고일어날 것이고, 사랑니는 점점 더 맹렬히 썩어갈 것이다. 그는 몹시 고통스러워한다. 점점 더 고통으로 입이 비뚤어지고 얼굴이 짜부라져서 그녀를 찾아올 것이다. 이제 그는 수요일에만 그녀에게 달려오는 것이 아니라 이틀에 한 번, 매일 밤 그녀 오피스텔의 벨을 누른다. 아, 날 낫게 해줘. 네가 약이야. 그는 오래오래 키스를 하고 비칠거리면서도 반드시 그의 집으로 돌아간다. 죽기 전에 무엇이 보고 싶냐는 질문 따위는 하지 않는다.

그는 치과에 가는 것을 미루고 있다. 그것이 그녀를 안심시키는 면이 없지 않다. 그녀는 자기에게 어떻게 하기를 바라느냐는 그의 질문을 다시 생각하기 시작한다. 그녀는 그가 치과에 가는 것을 진정으로 바라지 않는다. 그가 우스꽝스럽게도 사랑니와 사랑을 연관지어 물은 것처럼 그녀도 그의 고통이 그녀의 사랑에서 비롯되고 있다고 믿고 싶어진다. 그녀는 그가 정상적이지 않게 생각되는 반면 자기 생각도 얼마나 비정상적인가를 깨닫지 못한다. 그녀는 지금 단 한 가지에 골몰하고 있다. 만약 그가 사랑니를 뺀다면, 그래서 더 이상 고통스러울 것이 없어진다면, 그들의 관계는 어떻게 될 것인가. 그는 더 이상 그녀를 사랑하지 않을지도 모른다는 불안감이 그녀 내부에 싹트기 시작한다. 그녀는 언제나 키스로 그의 고통을 잠재워주는 진통제이고 싶고, 그러는 동안 그는 그녀에게서 떠나가지 않을 것이라는 얄팍한 확신이 불안감을 밀쳐낸다. 그가 오피스텔에서 나가자마자 그녀는 케이크를 대신할 수 있는 것을 궁구한다. 케이크보다는 밍밍하지만 오래갈 수 있는 것. 들고일어선 잇몸을 달래주고 사랑니를 뽑아야 한다는 생각의 꼬리를 슬그머니 내려놓게 하는 것.

티브이 화면에는 강변 세계불꽃축제가 한창이다. 어제는 브라질팀의 25연발 페스티발 불꽃이 최고 인기를 누렸다고 아나운서가 멘트를 한다. 화면에는 중국팀의 30연발 드래곤 불꽃이 화려하게 터지고 있다. 드래곤에 이어지는 19연발 실버플라워를 무심코 바라보다가 그녀는 불꽃과는 다른 한 가지 기발한 생각을 하게 된다. 호텔 2층에 있는 중식집 만다린에서 새 케이크 개발에 응용하려고 가져온 중국 꽃빵을 떠올린다. 밀가루와 소금 이외에 단것이라고는 조금도 첨가하지 않은 밍밍하고 몰캉몰캉한 중국 꽃빵을 그는 밀쳐내지 않을 것이다. 그녀는 그가 물불 가리지 않고 그녀에게 달려오던 어느 달 밝은 밤을 떠올린다.

그들이 기억하는 발설되지 않은 그들만의 삽화 3

"당신은 알고 보니 꽤 유명하더군요, 이거 웬일이죠?"

그들이 세 번째 만나기 직전, 그러니까 그녀가 그와 춤을 춘 뒤 일주일이 지나지 않아 그는 그녀의 직장으로 전화를 걸었다. 그녀는 그에게 연락처를 준 적이 없었다. 웬일이라니? 그녀는 그의 말뜻을 금방 알아듣지 못했다. 그의 말투는 마치 그녀가 유명하다는 것이 못마땅하다는 듯이 들렸다. 자기만 모르고 있었던 것이 분하다는 말투이기도 했다. 그러나 사실 그녀는 지금까지 살아오면서 한 번도 스스로 유명해본 적이 없었다. 그녀는 그가 마침내 그녀의 과거를 알아낸 것으로 추측했다. 그녀가 한때 동거했던 그녀의 옛 애인은 전국적으로 유명한 수배 인물이었다. 그는 그녀의 자취방에 숨어들어 와 열흘이고 보름이고 은거하곤 했는데 그녀는 그 시간 이외의 그의 족적에 대해 무지했다. 그는 그녀의 자취방을 나가면서 매번 다짐을 두었다. 나에 대해 절대로 더 알려고 하지 마. 알면 알수록 너만 곤란해지니까. 정권이 바뀌고 그의 정처 없는 생활도 백팔십도로 바뀌었다. 그는 구야권 출신의 신진 국회의원 보좌관이 되어 여의도로 입성했고, 그녀는 대학을 졸업했다. 그러나 변하지 않은 것이 있었다. 그는 여전히 그녀의 자취방에 숨어들어 와 잠깐 머물다 갔다. 그녀는 그동안 두 번 임신을 했고, 두 번 낙태수술을 했다. 두 번 다 그는 모르는 일이었다. 그녀는 테헤란로에 있는 특급 호텔 홍보부 직원이 되었고, 그는 어느 날 갑자기 그녀가 생판 모르는 다른 여자와 결혼을 했다. 그녀는 그에 대해서 더 알려고 하지 않았다. 알려고 하면 그녀만 곤란해질 것이었다. 그녀는 그를 잊었으나, 그의 주변 사람들은 간혹 그녀를 잊지 않고 옷깃만 스쳐도 알아봤다.

"웬일이라뇨? 그런데 제가 무엇으로 유명하죠?"

그녀가 딱히 대답할 필요는 없었으나, 한껏 올라간

그의 말꼬리가 그녀로 하여금 대답하게 만들었다. 얼마 전 여성지 인터뷰에 나간 것을 그가 본 것은 아니었나 하는 기대감도 없지 않았다. 《Feel so Good》이라는 여성지에 케이크와 함께 실린 그녀의 사진을 의외로 많은 사람들이 보고 그녀에게 인사치레를 했다.

"어제 대학 동창들을 만났거든요. 삼천포에서 올라 온 녀석이 있었는데 당신을 알고 있었어요."

그의 대답이 엉뚱했다. 그게 그녀와 무슨 상관이란 말인가? 그러나 '삼천포'라는 말을 듣는 순간 그녀는 그가 무슨 말을 하려는지 알 것 같았다. 그녀의 옛 애인이 삼천포 출신이었다.

"아, 삼천포! 그런데 그것이 당신과 무슨 상관이죠?"

그녀는 발끈 화를 내듯 내쏘았고, 그는 멋쩍어하며 순간적으로 입을 다물었다.

"그 사람 얘기라면 듣고 싶지 않군요."

그녀는 히스테리컬하게 내뱉었다.

"기분이 상했다면 죄송합니다. 다른 뜻은 없습니다. 저는 단지 다른 사람 입에서 당신 이름이 나오는 것을 듣고 보니 반가웠던 거죠, 그리고 또……."

"또 뭔가요?"

그녀는 감정이 뾰족해져서 날카롭게 물었다. 시비조였다. 시비할 마음이 아니라면, 세상 참 좁군요, 라고 다소곳하게 말했을 것이었다.

"네, 잡지에서 당신을 봤어요."

그녀는 어처구니가 없어서 헛웃음을 날리면서도 왠지 기분이 마구 상승하고 있었다.

"그래서요?"

그녀는 계속 웃음이 나오는 것을 억지로 참으며 그를 궁지에 몰아가듯이 틈을 주지 않고 짧게 되물었다.

"그래서, 반가웠죠, 역시."

그의 목소리가 급격히 수그러들었다. 처음 전화를 걸어왔던 기세와는 전혀 다른 맥락으로 목소리가 급락하고 있는 그가 그녀는 돌연 깨물어주고 싶을 만큼 귀여워졌다. 그녀 역시 지금까지 해온 말과는 전혀 다른 음색으로 그에게 말했다.

"당신, 나 보고 싶은 거죠?"

그는 전화를 끊은 지 30분도 되지 않아 후다닥 그녀 앞에 나타났다. 하늘에는 휘영청 밝은 달이 떠 있었다. 그가 호텔 회전문을 밀치고 로비로 들어서는 순간 그녀는 이미 앞으로 일어날 광경을 실제처럼 보고 있었다. 그녀는 그와 함께 강으로 달려갈 것이고, 달빛 아래서 어렵게 손을 잡을 것이고, 머리를 기댄 채 강물을 바라보다가 키스를 할 것이다. 모든 것은 느리게 숨소리를 감추며 진행될 것이다. 그러다가 키스와 함께 빨라질 것이다. 생각이 거기까지 미치자 그녀는 가볍게 다리를 떨었다. 그녀는 희한하게도 그를 기다리는 짧은 시간 동안 마치 모든 육욕 과정을 겪어본 늙은 여자처럼 자신이 갈 길을 훤히 간파하고 있었다. 그녀는 거기서 더 나아가 그가 가슴을 만지고 싶다고 하면, 젖꼭지에 키스를 하고 싶다고 하면, 허벅지에 얼굴을 묻고 싶다고 하면, 배꼽에 혀를 디밀고 싶다고 하면, 음부를 핥고 싶다고 하면, 그러면 어디까지 허락할 것인가를 흥분된 마음으로 짚어보고 있었고, 그런 중에 그가 회전문 속에서 퉁겨 나왔다. 그녀는 어느새 익숙해진 그의 모습에 화들짝 놀랐고, 그런 만큼 샹들리에 아래 반짝이는 그의 눈빛은 빛의 외계에서 튀어나온 존재의 그것처럼 강력하게 돋보였다.

"내가 당신을 좋아하는 줄 어떻게 알았어요?"

그렇게 물을 때까지 그는 그녀에게 존대를 했다. 그녀의 자동차는 아직 강에 도착하지 않고 있었다. 그녀는 비교적 말을 아꼈고, 사막식물에 물을 끼얹어주듯이 목소리를 떨구었다.

"당신이 내 입술을 바라볼 때."

그는 그녀가 퀴즈 문제의 정답을 맞춘 것처럼 펄쩍 뛰며 좋아했다.

"사내들이 여자의 입술에 시선이 갈 때는 십중팔구 그 여자를 욕망하고 있다는 증거 아니야?"

그녀는 남자 경험이 많은 노회한 여자처럼 덧붙였다. 요리학교 동기 중에 매달 남자를 갈아치우는 비올레타라는 프랑스 여자애의 말이 귀에 박혔다가 튀어나왔다. 그녀의 말이 끝나기가 무섭게 그가 순식간에 그녀의 입술을 덮쳤다.

"정확해. 처음 당신 입을 보는 순간 당신과 키스하고 싶었지!"

그가 말을 놓았을 때는 그녀가 그에게 입술을 허락한 후였다.

"묘지에서?"

그녀는 그와 한 차례 입을 맞춘 후 곧바로 입술을 주지 않고 시간을 끌었다.

"응, 묘지에서, 뒤라스 앞에서. 그 여자 입술은 좀 그

랬지."

한 번 입술을 주자 그는 애가 닳아서 자석처럼 그녀에게로 딸려왔고 그녀는 그가 오는 속도만큼 잽싸게 몸을 뒤로 젖혔다.

"벤치에 앉아 있는 당신은 그럴듯했어. 당신, 그리고 당신 입술."

그의 입술은 쉽게 그녀의 입술에 닿지 못했다.

"상대적인 거로군. 뒤라스의 입술이 육감적이었다면? 그리고 비노쉬처럼 예뻤다면?"

"모르지. 그래도 난 당신을 간음했을 거야."

"듣기 좋으라고 하는 소린 줄 알아."

"아무려면. 근데, 당신은, 당신은 내가 어땠지?"

그녀는 묘지 입구로 들어서던 순간을 떠올렸다.

"청년 같았어."

그가 소녀처럼 까르르 웃었다.

"좋아했군, 당신도."

그는 그녀와 동시에 호감을 느꼈다는 것이 서로에게 커다란 선물처럼 여겨졌다.

"그때부터군, 앙큼하게!"

그가 갑자기 자신감이 넘쳐서 잡아먹을 듯이 그녀를

차 뒤로 몰았다.

"난, 지나간 것에는 의미를 두지 않아. 지금 이 순간만이 제일 정확해."

지나간 것은 믿지 않아, 아무것도. 그녀는 혼잣말하듯 그렇게 되새기며 무척 오랜만에 문예반 선생을 떠올렸고, 삼천포 출신의 국회의원 보좌관을 생각했다. 그 기억들은 어느덧 방향芳香을 잃은 빈 향수병처럼 시시하게 느껴졌다.

"그래 지금 이 순간."

그는 그 순간을 참지 못해 그녀의 스커트 속으로 손을 넣었다. 그녀는 자동적으로 목을 뒤로 젖혔다. 젖혀진 눈에 달이 들어왔다. 허벅지를 드러내놓은 채 그가 그녀의 젖가슴을 열었다. 달에 바쳐지는 제물처럼 그녀는 그대로 가만히 있었다. 그도 선뜻 달빛을 받은 그녀의 젖무덤에 손을 대지 못하고 달과 달에 비친 그녀의 희디흰 살을 눈으로만 어루만졌다. 그와 그녀의 입에서 나온 입김으로 창유리가 뽀얗게 서렸다. 달이 지나가고 차 유리가 온통 우윳빛으로 불투명해졌을 때 그는 그녀의 속으로 간신히 들어갈 수 있었다. 그의 키에 비해 공간이 비좁아서 그가 그녀 속으로 들어가기가 쉽지 않았다. 그는 여러 가지 자세를 시험하며 무진 애를 쓴 다음에야 그녀에게 들어가는 데 성공했고, 그녀는 비정상적으로 뒤틀린 그의 몸뚱어리에 짓눌려 거의 숨도 못 쉬었다.

"죽을 것 같아요, 아, 당신!"

그녀는 천신만고 끝에 겨우 소리를 냈는데 그와는 달리 존댓말이었다. 그는 그녀의 존댓말에 한껏 사기가 올라서 레슬링 선수처럼 위에서 그녀의 몸을 더욱 세게 옥죄었다. 다음 날 그녀의 몸은 온통 멍투성이였다.

사랑니를 뽑았군요. 그녀가 도쿄로 사흘간 출장을 다녀오자 그의 신상에 작은 변화가 있다. 치과에 간 것이다. 아내가 아니면 난 평생 치과에 가지 않고 치통을 앓으며 살지도 몰라. 그녀의 귀가 핀셋으로 집어 올리는 것처럼 쭈뼛해진다. 세상에서 내가 제일 싫어하는 게 뭔지 알아? 주삿바늘이야. 겁쟁이라고 놀려도 할 수 없지, 싫은 건 싫으니까. 그녀는 그가 무슨 말을 하건 귀에 들어오지 않는다. 그녀는 다짜고짜 그에게 다가가 그의 입에 자신의 혀를 들이민다. 그는 그런 그녀의 행위가 자신에 대한 사랑의 강도를 보여주는 것으로 만족해하며 그녀의 혀를 쭉 빨아들인다. 그의 입에서 소독약 냄새가 난다. 당신, 설마, 나와 상의 없이 사랑니를 뽑지는 않았겠죠? 그녀가 그에게 잡혀 있던 혀뿌리를 세차게 빼내며 그에게 따져 묻는다. 어디 사랑니가 그렇게 쉽게 뽑히나? 그녀는 굳어졌던 안색을 조금 누그러뜨리며 그의 아픈 볼에 자신의 볼을 가져다 대고는 사랑스럽게 애무해준다. 아, 얼마나 아플까. 내가 대신 아플 수 있다면, 아플 텐데. 그녀는 지금껏 생각해보지 않은 말을 한다. 요즘 그녀는 자주 자기 내부에 그의 분신이 들어앉아 말을 시키고, 행동을 유도하고 있음을 느낀다. 그녀가 원하지 않는 길로 그녀를 내몰고 있음을 느낀다. 치근이 너무 깊어서 아무 데서나 뽑을 수 없대. 잘못하다간 죽을 수도 있다나 봐. 종합병원이나 대학병원으로 가라는데, 족히 한 달은 걸릴 거래. 이 하나 뽑는 데 말이야. 난 사랑니가 두 개 다 말썽이니 두 달은 잡아야지 뭐, 쩝. 그는 복잡하고 귀찮은 표정을 짓지만 그녀에게는 그리 나쁘지 않은 소식이다. 그녀는 서랍을 열어 전에 그에게 먹였던 소염진통제 두 알을 꺼내 자기의 입에 물고는 그에게 주려고 한다. 아, 그건 이제 그만. 처방 약을 먹어야 해. 그녀는 입안에 든 알약을 삼키지도 뱉지도 못한 채 그를 바라본다. 그녀의 입에서 약이 녹아가고 있다. 그럼, 그 약을 줘요. 그녀가 물이 밖으로 나오지 않도록 입술을 앙 물고 말한다. 그것도 안 돼. 시간이 정해져 있어. 지금 약 먹을 시간 아니거든. 그녀는 참지 못하고 약을 꿀꺽 삼킨다. 그럼, 지금 뭐가 필요하지요?

　그녀는 엘리베이터 문이 열리고 닫히고 내려가는 소리를 다 듣고 나서야 현관문을 떠나 맞은편 창가로 간다. 그 짧은 사이 그의 모습이 길에 나타난다. 그녀가 살고 있는 오피스텔은 완성된 지 석 달이 채 안 된 신축건물로 아직도 분양이 되지 않은 호가 건물의 반이 넘는다. 입주자라고 해야 그녀를 포함해서 열두엇 정도다. 그러니 그녀가 밤늦게 귀가할 때에는 벌판 위에 세워진 구멍이 숭숭 뚫린 거대한 벌집에 들어가는 기분이다. 18층 건물에 띄엄띄엄 입주가 되다 보니 관리비 충당을 하지 못해 층마다 복도에 불이 켜지지 않은 상태로 두 달을 살고 있다. 그녀의 오피스텔 건물 양편에는 바리케이드가 쳐져 있다. 건축 경기는 꽁꽁 얼어붙었는데 또 다른 대형 오피스텔 공사가 국제구제금융 이후 그나

마 살아남은 대기업의 주도로 시작되고 있다. 그녀는 창가에 다가서서 택시를 잡으려고 길 건너편에 서 있는 그를 계속 내려다본다. 하지만 택시는 한 대도 그 길로 지나가지 않는다. 그는 밤새도록 그렇게 서 있을지도 모른다. 그가 돌아갈 곳이 있다는 것이 그녀에게 약간의 고통을 준다. 그녀에게 그런 마음이 드는 것은 드문 일이다. 그가 그녀의 창을 올려다본다. 그녀는 버티컬 뒤로 얼른 몸을 숨긴다. 그 바람에 버티컬 자락이 출렁 물결친다. 그 틈새로 그녀는 그의 움직임을 놓치지 않고 바라본다. 그녀는 이제 그에게서 쉽게 벗어날 수 없을 거란 무거운 예감이 든다. 그의 등 뒤로 검은 호수가 물살을 잠재우고 있다. 버티컬 뒤에 서서 그녀는 오래전에 마음먹었다가 잊어버리고 있던 한 가지 일을 떠올린다. 그것은 그녀 눈 밑에 있는 검은 참깨만 한 점을 빼는 일이다.

당신, 잘 잤어? 그녀가 그의 문자메시지를 받은 것은 호텔 옆 건물의 박 피부과 병원 대기의자에 앉아 있을 때다. 그가 장난을 한 것인가? 그녀는 그렇게 생각하고 싱겁게 웃으려다가 웃음을 거두어들인다. 그녀는 사실

요즘 잘 자지 못한다. 그녀는 핸드폰 케이스를 열었다 닫았다 한다. 그러는 중에도 메시지 수신음은 한 번 터지자 계속 삐비빅댄다. 그는 새로운 재미에 빠진 것이다. 그에게서 문자메시지가 계속 전달된다. 당신 지금 무얼하고 있을까? 그녀는 문자메시지를 보내지 않는다. 그의 메시지가 도착하자마자 삭제한다. 그녀는 벙어리가 된 기분이다. 그녀는 자리에서 일어섰다 앉았다 안절부절못한다. 핸드폰이 아니면 그와 연결되는 일은 쉽지 않다. 그녀는 그가 어디에 사는지, 그의 집은 아파트인지 주택인지, 창문은 몇 개인지, 침실 창은 어떤 모양인지 알지 못한다. 아는 것은 오로지 그의 핸드폰 전화번호뿐이다. 핸드폰만이 그와의 연결을 가능하게 한다. 그것이 그의 몸, 그의 귀, 그의 마음을 대신한다. 아니 그것이 바로 그이다. 그런데도 그녀는 그것을 송두리째 쥐고 있으면서도 하고 싶은 대로 하지 못한다. 환자 기록을 정리하고 있던 간호사가 그녀의 그런 모습을 보다 못해 참견하려고 바라본다. 그녀는 제자리에서 뱅뱅 돌다 병원 밖으로 나온다.

강가에서 그녀와 처음 교접을 한 다음 날부터 그는

매일 그녀의 핸드폰을 찾고 있다. 그녀가 점을 빼러 간 그날부터는 문자메시지를 즐겨 보낸다. 그가 심야에 그녀의 오피스텔에서 나가 돌아갈 곳이 있다는 것에 그녀가 약간의 고통을 느꼈던 것처럼, 그녀가 자기 아닌 다른 사내를 만날 수 있다는, 그녀의 입술이 다른 사내들에게 호감을 줄 수 있다는 상상을 한 이후 그는 부쩍 불안해한다. 강철기라는 음식평론가 겸 보석평론가가 그녀의 핸드폰에 문자메시지를 남긴 것을 열어본 이후 그의 불안은 증폭된다. 갤러리스트의 배다른 동생인 강철기는 웬일인지 그녀에게 오팔 반지를 선물했다. 이름하여 파이어 오팔. 반지는 그녀의 오른쪽 네 번째 손가락에서 타는 불꽃을 발하고 있다. 그 불꽃을 볼 때마다 그는 눈이 뒤집힌다. 그러나 아내가 있는 그가 그녀에게 손가락에서 파이어 오팔을 빼내라고 명령할 수는 없다. 그는 이전에는 오팔을 본 적도 산 적도 없다. 오팔을 살 돈도 의향도 없는 그는 그녀에게 문자메시지를 보내는 일이 잦아진다. 하루에 삼십 번을 날릴 때도 있다. 그녀는 주로 오팔을 낀 오른손으로 바쁘게 핸드폰 캡을 연다. 그녀는 핸드폰의 삐비빅 소리에 민감해진다. 그럴수록 핸드폰은 그와 동일시된다. 그, 즉 핸드폰을 오피스텔에 두고 나오거나, 사람들을 만나다가 방심한 채 어디에 두었는지 찾아야 할 때는 마치 그를 소홀히 대한 것처럼 미안해하기까지 한다. 그녀는 식사할 때나 심지어 샤워할 때도 핸드폰을 옆에 가져다두는 일이 많아진다. 잠자리에서는 말할 필요도 없다. 그녀의 성의를 확인하고 난 이후에야 그는 비로소 조금 안심을 한다. 그러나 안심은 금세 의심으로 변한다. 그는 컴퓨터 키보드 대신 아예 핸드폰을 두드리며 하루를 보낸다. 아주 시시껄렁한 메시지라도 그녀에게 보내지 않으면 직성이 풀리지 않는다. 그녀는 수시로 핸드폰을 확인하느라 케이크 개발에 지장을 받고 그는 손가락 마비 증세로 곤란을 겪는다. 그러면서도 그는 정말이지 자신이 그녀에게 삼십 번 문자메시지를 날리느라 얼마나 에너지를 쏟고 있는지 깨닫지 못한다. 손가락에서 시작된 마비증세가 팔꿈치와 겨드랑이까지 올라간다. 그러는 중에 그는 어느새 한 번에 한 가지만을 할 수 없던 오래된 단점을 고친다. 그는 사랑니의 고통도 취직의 불안도 아내에 대한 죄책감도 슬그머니 잊는다. 새로운 재미는 그가 떨쳐버리고 싶어 하는 모든 불편함을 지우는 동시에 오직 그녀에게 닿으려는 한 가지 목적을 위해 어떠한 난관도 무릅쓰게 한다. 그에게 난관이란 다름 아닌 그가 33년 동안 짊어지고 살았던 게으름에 대한 욕구이다. 그는 문자메시지를 보내는 일만은 전혀 게으르지 않게 그 즉시 해치운다. 그는 생기를 얻는다.

그의 핸드폰에 대한 집착이 그녀에게 그동안 잊고 지냈던 어떤 한 기억을 상기시킨다. 그녀는 파리에서 2년 가까이 키 홀더를 소유한 적이 있다. 삼천포 출신 국회의원 보좌관이 그녀가 한 번도 들어본 적 없는 여자와 결혼했다는 소식을 다른 사람들에게 들었을 때 그녀는 다른 이들이 예상했던 것과는 달리 그다지 크게 반응하지 않았다. 그의 아이를 지우고 난 다음이면 매번 눈물이 나도록 맵디매운 비빔냉면을 먹어야 했던 것처럼 그의 결혼소식을 듣는 순간 그녀의 머릿속은 온통 그 비빔냉면 생각뿐이었다. 그녀는 전에 비빔냉면을 그다지 좋아하지 않았고, 삼천포 출신 국회의원 보좌관이 아니었으면 비빔냉면을 먹을 생각조차 하지 않았을 것이었다. 그녀는 호텔 홍보부 직원으로 직무를 충실히 수행했고 다시는 비빔냉면 같은 것은 먹지 않았다. 문예반 선생에게 실연을 당한 후 보였던 실성증失聲症 같은 것은 다행히 그녀에게 일어나지 않았다. 그런데 호텔에서 보내주는 파리 연수 기간을 연장해 요리전문학교에 다니면서 야금야금 그에 대한 기억이 되살아나기 시작했다. 가볍게 향수병에 시달린 끝이었다. 그를 기억하지 않고, 그와 관련된 아주 사소한 기억조차 잊으려고 노력하는 과정에 정작 잊지 말아야 할 것까지 잊어버리는 건망증에 걸려들었다. 증세는 한 번 시작되자 아편처럼 그녀의 삶을 좀먹어 들어왔다. 건망증은 열쇠에 집중적으로 나타났다. 그녀는 열쇠를 어디에다 두었는지 찾다 찾다 나중에는 아예 열쇠를 잊어버리거나 잃어버릴 것이 두려워 밖에 나가는 일을 꺼리게 되었다. 그녀보다 더 심각한 기억장애를 겪었던 파리 주재 미용사 김숙의 충고를 받아들여 그녀가 휴대하던 딸랑이 키 홀더를 물려받았다. 김숙은 여름철 한밤중에 갑자기 쏟아진 폭우로 엄청나게 불어난 계곡물에 남편과 아이를 한꺼번에 빼앗긴 이후 극심한 기억이상에 시달렸는데, 어느 정도였느냐 하면 남산 타워 아래 있는 미용실에 출근하다가 정작 남산 타워를 올려다보며 차에서 내려서는 지금 자신이 어디를 가야 하는지 행선지를 잊어버린 채 남산 타워를 등지고 한남대교 난간에 앉아 하루를 보낸 적이 한두 번이 아니었다고 했다. 딸랑이 키 홀더가 김숙의 행선지 망각과 무슨 연관이 있는지 따져볼 겨를도 없이 그녀는 김숙의 건망증 정도를 인정해야 했는데, 그것은 김숙이 딸랑이 키 홀더를 이야기하면서 정작 본 이야기의 줄거리를 벗어나고 있는 사실조차 잊어버리고 있기 때문이었다. 나중에 들은 얘기에 따르면 계곡물에 떠내려간 김숙의 남편과 아이의 시신은 계곡물이 흘러드는 강물과 그 강물이 흘러드는 삼각주와 인근 바다를 다 찾고도 끝내 찾지 못했다고 했다. 김숙은 파리로 날아와 1년 만에 거의 기억력을 회복했는데, 그것을 딸랑이 키 홀더 덕분으로 굳게 믿고 있었다. 그녀는 김숙의 고백과 권유를 진심으로 받아들였다. 김숙 정도까지는 아니더라도 건망증의 끝을 내다볼 수 없던 그녀로서는 딸랑이 키 홀더를 받지 않을 이유가 없었다. 그것은 휘파람만 휘익 불면 자신이 어디에 있는지 딸랑딸랑 대답을 해서 그녀는 그것을 받자마자 연습 삼아 휘파람 불기에 열을 올렸다. 건망증에도 종류가 있어서, 김숙처럼 주로 길을 잃거나 깜박 잘못 길에 들어서는 경우가 있는가 하면, 그녀처럼 열쇠나 지갑, 만년필, 핸드폰 같은 휴대품을 어디다 두었는지 망각하는 경우가 있었다. 그녀가 주로 애를 먹는 것은 열쇠였다. 외지생활에서는 본거지가 중요한 만큼 열쇠에 대한 강박이 우선적으로 따르게 마련이었다. 김숙의 딸랑이 키 홀더는 그녀의 건망증을 일깨워주는 가장 중요한 파수병 역할을 해주었다. 그러나 그것으로 그녀의 생활에 곤란이 없어지지는 않았다. 가장 절박한 것은 언제까지나 가장 절박한 자리를 고수하지는 않는 법이다. 딸랑이 키 홀더를 파리에 두고 오지 않았다면 그녀는 지금 새로운 기억장애를 일으켰을 것이다. 사실 키 홀더는 반년 넘게 그녀에게 가장 애착이 가는 대상이었다. 늘 활동의 최우선에 키 홀더가 있었다. 그러니만큼 열쇠를 어디에 두었는지 한참을 찾지 않아도 되는 원만한 생활이 되었다. 그러자 이번엔 다른 무엇보다 키 홀더가 문제가 되었다. 그녀가 휘파람을 불지 않아도 그녀의 고양된 목소리만 닿으면 키 홀더가 딸랑딸랑 울었다. 삼천포 출신 국회의원 보좌관의 배신 이후 또다시 수그러들었던 그녀의 목소리는 딸랑이 키 홀더와 함께 트라이앵글을 때리는 쇳소리처럼 투명해졌다. 자주 있는 일은 아니었지만 그녀가 감격해서 또는 괴로워서 내지르는 격앙된 목소리는 키 홀더가 가장 잘 반응하는 음계였다. 어쩌다 요리학교 동기들이 그녀의 스튜디오에 와서 웃고 떠들다 보면 그 열기에 가세해서 키 홀더는 신나게 울려댔다. 동기들은 차츰 그녀의 스튜디오를 찾지 않게 되었다. 마지막까지 인내력을 가지고 와주던 일본인 동기 교코가 두 손으로 귀를 움켜쥐고 소리쳤다. 제발, 저 소리 좀 죽여줘! 교코가 괴로운 표정으로 문을 박차고 나가자마자 그녀는 서랍 깊숙이 키 홀더를 쑤셔 넣었다. 그래도 어쩌다 전화에 대고 흥분하는 그녀의 목소리에 키 홀더는 가장 적시에 가장 진실하게 자신의 존재를 알렸다. 딸랑 딸랑. 그 소리가 망각 속에 파묻혀 있다가 그의 문자메시지로 인해 다시 살아난다. 처음엔 유쾌했다가 나중엔 구속이 되는 공포도 함께. 당신 지금 어디 있지? 그녀는 핸드폰 화면을 계속 들여다본다. 당신 지금 어디 있지? 그녀가 차단하지 않으면 그 문장은 기계적으로 되풀이된다. 그녀는 여전히 문자메시지를 보내지 않는다. 그를 만나고부터는 핸드폰 벨이 수시로 띠띠리, 띠띠리 울리는 통에 그녀는 벨소리 강박증까지 보였다. 견디다 못해 그녀는 벨소리를 진동으로 바꿨다. 그러나 문자메시지 수신음은 어떻게 해도 바꿔지지 않는다. 삐비빅, 삐 비빅!

그녀는 점을 빼는 것을 미루고 있다. 일주일 동안 대전으로 광주로 출장이 잦았고 그사이 그녀는 그에게 문자메시지를 보내기 시작한다. 그래도 그가 열 번 보내면 한 번 정도는 보낸다. 첫 타전으로 그녀는 점을 빼겠다고 한다. 그에게서 득달같이 답신이 온다. 점 빼지 마라. 너의 어느 곳보다 그 점을 사랑한다, 나는. 그녀는 잠시 어리둥절해한다. 그와 사랑을 할 때 그가 그녀의 점에 대해 말하는 것을 한 번도 들은 적이 없다. 당신은 내 점을 알지 못했어요. 그가 끼어든다. 점 빼지 마, 알았지? 그녀는 핸드백을 열고 콤팩트 뚜껑을 열어 거울을 본다. 점을 빼지 않으면 평생 눈물 흘릴 팔자지. 그게 눈물받이야. 사랑해도 말짱 소용없어. 이루어지지 않는걸. 백설공주의 마녀 거울처럼 거울이 그녀에게 말을 하고 있다. 그 말을 한 사람은 따로 있다. 그녀가 대학 3학년 때, 학교 후문에 있는 육교 위에는 늘 무릎까지 턱수염을 기른 백발의 할아버지가 앉아 있었다. 할아버지 턱수염이 오이디푸스 신화 속의 수수께끼 인물처럼 무릎 길이로 길고 긴 것은 아니었다. 가부좌하고 앉은 무릎 위에 턱수염이 닿았으니 그래도 30센티쯤은 족히 될 것이었다. 할아버지는 초겨울이 되도록 홑껍데기 같은 누르께

한 옥양목 두루마기를 걸치고 황소바람이라도 들락거리릴 만큼 커다랗게 구멍이 뚫린 낡은 갓을 지그시 눌러쓰고서 해가 떠오르는 아침부터 석양이 산등성이로 넘어가는 저녁때까지 한자리에 그대로 눌러앉아 있었다. 할아버지는 고개를 드는 일이 없었고, 할아버지 앞에 점을 보겠다고 앉아 있는 사람 역시 없었다. 그런데 어떻게 할아버지가 그녀를 알아보았는지, 어이 색시? 하고 불러서는 대뜸, 내 일 년 동안 여기 지나다니는 색시 면상을 보아왔지. 참 좋은 상인데 한 가지 흠이 있어. 그 점 말유, 그거, 거 빼부려야 팔자 확 바뀌겠는데, 어흠, 하는 것이었다. 그리고 덧붙이기를, 점 빼지 않으면 사랑해도 말짱 소용없어, 이루어지지 않는걸. 그러니, 내 말 국으로 잘 알아듣구, 그 점 빼, 빼라구, 알았수? 그녀는 할아버지 말을 듣는 둥 마는 둥 허겁지겁 육교 아래로 달려내려갔다. 육교 아래 지하 찻집에는 장차 국회의원 보좌관이 될 삼천포 출신 남자가 기다리고 있었다.

너에게 선물을 할지도 몰라. 오팔 브로치가 어떨까. 그녀는 호숫가에 줄지어 서 있는 단풍나무 아래를 걸어가면서 핸드폰을 귀에 대고 그의 말을 듣고 있다. 그는 손가락 마비가 심해져서 문자메시지를 자제하고 있다. 수요일이지만 그녀는 오늘 그를 만나지 못할지도 모른 다고 어제 문자메시지로 그에게 전했다. 이번에 갤러 리스트가 주재한 것은 20세기 이탈리아 회화전이다. 그 는 그녀처럼 갤러리스트의 초대를 받지 못했다. 그녀는 지난번 사진전과 같이 이탈리아 회화에 대해 아는 바가 거의 없다. 그럼에도 그녀가 갤러리스트의 정규 초대 자 리스트에 올라간 것은 강철기 때문이다. 그것은 사 실이 아닐지도 모른다. 그러나 그는 그렇게 믿는다. 그 래, 줘봐요. 받을게요. 그녀가 걸어가고 있는 단풍나무 길의 단풍들은 오팔 반지 빛깔보다 더 붉게 물들어가고 있다. 그동안 그가 그녀에게 준 것은 한 무더기 정액 이 외에 아무것도 없다. 그가 치과에 다녀온 날 밤 문득 그 녀는 그와 헤어질지도 모른다는 생각을 하다가 그에 대 해 기념할 만한 것을 찾았는데, 놀랍게도 그는 머리카 락 한 올 남기지 않았다. 새벽까지 방을 샅샅이 수색한 끝에 간신히 그의 흔적을 찾긴 찾았는데, 그녀 잠옷에 묻은 정액의 흔적이었다. 그녀의 잠옷은 푸른빛이 나는 얇은 물실크였고 정액은 치약처럼 잠옷 하단에 하얗게 말라붙어 있었다. 처음 그가 그녀의 배 위에 사정을 한

날 그녀는 잠옷 자락으로 정액이 뭉그러진 미끌거리는 자신의 배를 덮었다. 자신이 쏟아놓은 배설물을 금방 씻어내지 않고 그의 일부로 받아들이는 그녀가 너무나 사랑스러운 나머지 그는 자신의 정액과 하나가 되어 있는 그녀의 배를 자신의 배로 덮고는 두 번째 섹스를 했었다. 그녀는 그날 이후 그의 정액이 묻은 잠옷이나 수건은 며칠 동안 세탁을 하지 않고 욕실에 걸어두었다. 그가 떠나자마자 정액의 냄새는 날아가버리고 없었지만 그래도 그녀가 그에 대해 간직할 수 있는 유일한 징표였다. 그녀가 그 사실을 그에게 말해주었더라면 그가 그렇듯 오팔에 신경을 쓰지 않아도 될 것이었다. 근데, 오팔의 어원이 뭔지 아니? 그의 전화를 받는 사이 그녀는 오피스텔에 도착한다. 그녀는 어원 같은 것을 알려고 한 적이 없다. 어서, 말해봐요. 그녀는 그것이 그다지, 게다가 어서 듣고 싶은 것은 아니다. 그러나 그녀는 그렇게라도 해서 그의 마음을 달래주고 싶다. 오팔리오스. 그녀는 그가 어디에 있는지 모른다. 그 역시 지난밤까지 수차례 그녀의 핸드폰으로 날렸던, 너 어디에 있지? 라는 물음은 하지 않고 있다. 그가 핸드폰으로 연락을 해서 제일 먼저 하는 일이 소재 파악인데, 그것마저 잊어버린 것을 보면 그에게는 그녀가 지금 어디에 있는가보다 오팔 문제가 더 시급하다. 오팔이란 귀한 돌이란 뜻인데, 물론 그리스어에서 왔지. 그는 오팔이라는 보석의 효과보다는 오팔의 어원, 오팔의 의미, 오팔의 가치에 더 몰두 중이다. 오팔은 뭐니 뭐니 해도 블랙 오팔이라지. 그는 불과 하룻밤 만에 오팔 전문가가 되어 있다. 오팔의 가치는 유색 효과에 있어. 오스트레일리아에서 생산되는 블랙 오팔은 검은색만은 아니야. 짙은 색조면 블랙이 되지. 흑색, 짙은 청색, 뭐 그런 거. 넌, 짙은 청색이 어울리는데, 불에 약한 파이어 오팔보다는. 그는 그녀가 강철기에게 휘어지지 않아야 한다는 것을 은근히 암시하고 있다. 그녀는 오피스텔로 이어지는 횡단보도 앞에서 방금 걸어온 단풍나무 길 아래쪽으로 되돌아 걷는다. 그 길을 다시 돌아 오피스텔에 도착해도 그의 오팔 이야기는 끝나지 않는다. 다른 오피스텔에서 누군가 내려다보고 있다면, 십중팔구 그녀를 사랑에 빠진 여자로 생각할 것이다. 그녀는 오피스텔 계단을 밟고 올라가다가 엘리베이터 앞에서 뒤돌아 나와 바리케이드가 쳐진 공사장 옆 공터로 들어간다. 공터 가장자리에는 잡초들이 누렇게 바스러지고 있다. 공터

와 멀지 않은 곳에 백화점과 할인점 건물 두 채가 텅 빈 벌판을 그나마 메우고 있다. 백화점 앞 대형 광장 역시 사람 그림자가 보이지 않는다. 자전거와 롤러 블레이드 대여점이 있는 모퉁이에 몇 사람이 움직이고 있을 뿐이다. 그녀는 공터를 벗어나 광장으로 향한다. 광장에 이르러서 그녀는 오팔에 관한 한 정통해진다. 오팔의 가장 큰 특징은 유색 효과, 즉 바탕색에 따라 몇 가지 색이 가능하다는 것이다. 팔색조나 카멜레온처럼.

그녀가 점을 빼지 않고 있는 사이 그는 왼쪽 사랑니를 뽑는다. 그녀는 점을 뺄 시간이 없었고, 예정에 없이 제주 출장을 다녀와야 했다. 그녀는 며칠 동안 그가 문자메시지에 미친 듯이 중독된 이유를 순식간에 깨닫는다. 두려웠겠죠, 당연히? 그녀는 제주 오름의 으악새처럼 서걱거리는 목소리를 내며 이 빠진 그의 홀쭉한 볼따구를 흘겨본다. 그는 사랑니가 뽑힌 자리에서 끊임없이 핏덩이가 밀려나온다고 입을 앙다물고 한쪽 입술을 벌려 불평한다. 그가 혼자 치과에 갔을 리가 없다. 그는 끝내 아내와 함께 갔다고 말을 하지 않는다. 그는 느물거리는 핏덩이를 20분 간격으로 뱉어낼 뿐이다. 그녀는 그의 입 안에 고여 나오는 핏덩이를 걱정해주지 않는다. 대신 점 빼는 일에 대해 사무적으로 이야기한다. 강철기가 점을 빼는 게 좋겠다는군요. 그의 안면근육이 이가 아픈 쪽으로 격렬하게 일그러진다. 그녀는 그 표정을 놓치지 않는다. 내가 점을 빼려는 것은 나를 위해서이기도 하지만 당신을 위해서이기도 해요. 그녀는 애인의 아픈 볼을 쓰다듬어주며 다정하게 말해준다. 그와 헤어질지도 모른다고 한번 생각을 하게 되자 그 생각이 점점 꼬리를 쳐서 그에 대한 그녀의 감정을 왜곡시킨다. 그녀는 자기가 만든 달콤한 케이크도 그녀가 사온 밍밍한 중국 꽃빵도 그가 먹지 않게 된 것이 언제부터인지 헤아려보기 시작한다. 그가 겪고 있는 고통, 그를 곤란에 빠뜨리는 장애가 거두어지면 그와 그녀는 물과 기름처럼 서로 무감각하게 공존할 것이다. 그의 사랑니는 벌써 하나가 제거되었고, 곧 다른 하나마저 뽑혀질 것이다. 그녀는 그의 반대에도 불구하고 점을 뺄 것이고 그러고 나면 그들에게 남는 것은 침묵의 소리뿐일 것이다. 그녀는 탁자 위에 있는 밀감을 집어 껍질을 벗겨서 입 안에 한 알 넣고 입술로 밀감즙을 쭉 짜서 그의 입에 밀어 넣어준다. 그러느라 그녀는 그와 포옹을 한다. 점 빼지 말라

잖아, 내가. 그가 밀감을 씹지도 않고 꿀꺽 삼키며 그녀의 두 볼을 두 손으로 휘어잡는다. 그녀의 눈이 살 밖으로 튀어나올 듯이 확대된다. 튀어나갈 것 같은 눈동자를 가까스로 잡아들이며 그녀는 생각한다. 그는 그녀가 사랑니를 빼지 말라고 말했으면 빼지 않았을까. 그는 그녀를 벽에 세우고 서서 쫓기듯 섹스를 하려고 한다. 그와 키스를 하면서 그녀는 눈을 뜨고 천장과 벽을 바라본다. 천장에 매달린 전등에서 불이 들어왔다 나갔다 한다. 그가 그녀 속으로 밀고 들어오는 움직임에 따라 그녀 등 뒤에 부착된 스위치가 켜졌다 꺼졌다 한다. 그녀는 이제 그와 키스를 하면서 눈을 감지 않는다. 점 빼지 마, 제발. 그는 더 이상 그녀 속으로 들어갈 수 없는 지점에 이르러 사정하듯 내뱉는다. 그녀는 그를 받아들일 공간이 그녀 몸에 더 이상 없을 때 으스스 몸을 떤다. 그는 흐느끼듯이 몸을 뒤채며 그녀에게서 미끄러져 나간다. 몇 차례 안간힘을 썼는데도 그는 끝내 사정을 하지 못한다. 그녀는 욕실에 걸려 있는 자신의 푸른 잠옷을 생각한다. 그가 그녀에게 남긴 것은 허옇게 말라붙은 정액뿐이 아니다. 그녀는 핸드폰에 저장된 그의 문장들을 떠올린다.

그녀의 가슴에는 불가사리 오팔이 달려 있다. 그는
마침내 그녀에게 오팔을 선물했다. 푸른빛이 감도는 블
랙 오팔이 그녀에게 어울릴 것이라는 말과는 달리 그
역시 강철기와 마찬가지로 그녀에게 파이어 오팔을 주
었다. 오팔에 대해 말하면서 그는 한 가지 빠뜨린 사실
을 덧붙였다. 뭔가 하면 오팔은 변화무쌍한 다채의 미
학을 보여주지만, 그렇기 때문에 불행을 뜻하기도 한다
는구나. 그는 그 말을 하면서 조금 미안해했는데, 사실,
그녀는 전혀 그런 것을 개의치 않는다. 그녀는 다만 그
의 불행이라는 말 속에 이별을, 생각보다 빨리 그와 이
별하게 되리라고 예감한다. 그는 얼마 전부터 빨리 타
오른 불꽃에 불안을 느끼고 있다. 그녀는 그의 불안을
불식시켜주기 위해 그와 짧은 여행을 제안한다. 안면도
가 어떨까. 여행 날짜는 2주 후 수요일로 잡힌다. 그는
다음 날이 되기가 무섭게 전국의 여행지를 섭렵하면서
수시로 그녀의 핸드폰에 문자메시지를 보낸다. 격렬비
열도는 어떠니? 그녀는 호텔 실습실에서 새로 개발한
고구마 케이크를 시식 중이다. 지난번에 개발한 녹차
시폰 케이크는 버터를 섞지 않고 단맛을 40퍼센트·줄인
저칼로리 헬스 케이크로 주로 장년층에게 인기가 높다.

그것은 그녀가 그에게 먹일 생각으로 달지 않은 케이크를 구상하던 중에 만들어낸 것이다. 격렬비열도가 뭐예요? 그녀의 견습생이 그의 문자메시지를 그녀에게 전달해주며 물어본다. 응, 케이크명을 선택 중이야. 견습생은 그럴듯하다는 듯이 고개를 끄덕인다. 그사이 그로부터 새로운 메시지가 전달된다. 아니, 조금 더 생각해서 고군산군도도 괜찮고. 견습생과 마찬가지로 그녀 역시 그가 전송하는 지명들을 난생처음 들어본다. 격렬비열도, 고군산군도? 어떤 게 낫겠습니까? 고구마 케이크에 대한 품평을 끝낼 즈음 견습생이 그녀 핸드폰에 찍혔던 섬들을 공개한다. 고구마 케이크니까 고군산군도가 좋겠어요, 실장님. 또 다른 견습생이 손뼉을 치며 동의를 유도한다. 그러든지. 그녀는 야릇한 표정을 지으며 덩달아 손뼉을 쳐준다. 그럼, 다음엔 붉은 체리를 듬뿍 얹어서 격렬비열도를 만들어볼까요?

이렇게 하면 더 이상 빠져나갈 수가 없지? 그는 그녀 손에 들린 바둑알을 툭 치며 흡족한 미소를 날린다. 그는 그렇게 웃어도 사실 그녀는 작정하고 져준 것이다. 그녀가 바둑을 둔다는 사실이 아이스크림 케이크에 발효 중인 된장 가루를 뿌려 먹고, 소주나 맥주에 태국산 후추나 머스터드 케첩을 섞어 마시는 것처럼 그를 경악 케 한다. 그녀가 월드컵과 유럽컵, 심지어 국내 축구팀 의 전적을 상세히 꿰차고 있고, 영국 축구와 스페인 축 구, 이탈리아 축구와 독일 축구, 또 한국 축구와 일본 축 구의 특징과 스타일을 정확히 분석하고 있는 사실 또한 그를 발정난 수캐처럼 발광케 했다. 그녀는 그의 호들 갑에 눈 한 번 깜빡하지 않았지만 그는 하루종일 그녀 를 물고 뜯고 핥아댔다. 어쩜, 요, 귀여운 것! 그가 흥분 하면 할수록 그녀의 머릿속은 오직 한 가지 사실에 매 여 치밀해진다. 그는 마음의 준비를 하고 있다. 그녀는 자주 식은땀을 흘리는 그를 보면서 그 마음을 읽는다. 이제 비긴 거네? 그가 좋아하는 것을 보고 그녀는 바둑 판에서 손을 털고 일어선다. 그래도 여전히 그는 그녀 에게 네 점 접어야 승부가 된다. 내가 제일 싫어하는 인 간이 어떤 유형인 줄 아냐? 그가 흑은 흑끼리 백은 백끼 리 바둑알을 끌어모으며 그녀에게 묻는다. 그녀는 오랜 만에 커피를 내리고 있다. 커피를 내리는 일에서만큼 은 그녀는 그의 방해를 받지 않는다. 그녀는 주로 천으 로 커피를 추출하는 넬드립 방식을 이용하는데, 그래야 커피 본래의 부드러운 맛과 향취를 느낄 수 있기 때문이다. 커피향이 퍼지는 동안 그녀는 잠깐 강철기를 떠올린다. 잡지에 그는 넬드립 방식으로 내린 커피 고유의 맛을 소개하면서 그녀의 호텔 커피숍 르샤를 추천한 적이 있다. 커피숍 르샤에 넬드립 방식을 들여온 것은 그녀였다. 강철기는 내일 그녀의 호텔에서 조찬 미팅이 있다. 강철기는 음식평론가 이외에 서너 개의 직함을 가지고 있다. 그녀는 그의 본업을 정확히 알지 못한다. 다만 음식평론가라는 타이틀은 강철기에게 장식에 불과하다는 것을 알고 있을 뿐이다. 어떤 유형인데요? 그녀가 강철기를 머릿속에 담고 있는 사실을 그가 알면 당장 바둑판은 엎어질 것이다. 그녀는 코끝으로 커피향을 음미하며 그의 목덜미에 다정하게 팔을 두른다. 비행기를 타면서도 전혀 공포를 느끼지 않는 놈, 물에 빠져서도 물개처럼 잘 빠져나오는 놈, 흥! 그는 바둑을 두는 정도만큼이나 세상을 분류하는 수준이 단순하고 싱겁기 그지없다. 그렇게 몇 년만 더 가다가는 그는 아예 턱받이를 해줘야 할지도 모른다. 그의 아내가 강제로 치과에 데리고 가는 이유가 있는 것이다. 처음엔 그도 그러지 않았을 것이라고 그녀는 생각한다. 어려서

그는 아이큐 168로 영재 소년으로 통했고, 학교에 가서
는 어딜 가나 여선생의 사랑을 독차지하는 모범생이었
고, 영어나 수학 경시대회 같은 데에 나가서는 전국의
상패를 휩쓸어 오는 집안과 학교의 자랑거리였다. 그에
게 불행은 더 이상 상장을 주는 데가 없다는 것이다. 이
제는 아무 데서도 그에게 시험 같은 것을 보라고 하지
않는 것이다. 그에게 오로지 지금 새로 주어진 것은 바
둑알이다. 그는 얼마 안 가서 그녀의 바둑 실력을 따라
잡을 것이다. 마음만 먹으면 일주일이면 충분하다. 그
리고 어쩌면 1년 후 프로가 되어 박카스 천 원전 같은
기전에 나갈지도 모른다. 그는 바둑에 빠져 나머지 사
랑니를 뽑을 생각을 하지 않는다. 문자메시지에 빠졌
을 때처럼 바둑알을 만지면서는 채널을 돌리는 일도 인
터넷을 뒤지는 일도 줄어든다. 그의 눈과 귀와 손은 줄
곧 바둑판과 바둑 채널에 맞춰져 있다. 그녀는 일주일
이면 한 번 비행기를 타고, 그를 만나는 시간을 제외하
고는 틈만 나면 스포츠센터의 물속에서 지낸다. 그녀는
그 둘에 아무런 장애를 느끼지 않는다. 그런데 내일 가
는 데가 격렬비열도라고 했냐, 고군산군도라고 했냐?
그녀가 턱 밑에 커피를 들이밀자 도로 내치며 그가 묻

는다. 격렬비열도나 고군산군도를 그녀에게 제시한 것
은 그다. 그들이 갈 곳이 격렬비열도인지 고군산군도인
지 둘 중에서 결정한 것도 그다. 그녀의 귀에는 그의 말
이 제대로 들어오지 않는다. 그가 열중하고 있는 컴퓨
터 모니터의 바둑판과 나란히 벽면에 부착된 평면 티브
이에서는 칠레와의 올림픽 축구 격전이 한창이다. 그녀
는 그의 물음은 제쳐놓고 순간적으로 기성용이 날리는
강력한 결정골에 매료된다. 어디냐고 물어봤잖냐, 내
가? 그가 삐딱하게 고개를 쳐들고 그녀를 바라본다. 골
은 아슬아슬하게 골대를 맞고 튕겨 나간다. 그녀가 세
차게 다리를 치며 일어선다. 에잇, 격렬비열도!

축구도 끝나고 컴퓨터 모니터도 잠잠히 꺼져 있다.
그들에겐 그가 그녀의 방에서 나가는 일밖에 남아 있지
않다. 그녀의 오피스텔에는 어디에도 초침을 가진 시계
가 없다. 그녀가 혐오하는 것 중의 하나가 시계 초침 돌
아가는 소리다. 나를 어떻게 생각하지? 아니, 나에 대
해 뭘 알지? 그녀는 그의 웃옷을 챙겨주다 말고 그의 얼
굴을 쳐다본다. 그의 표정이 굳어 있다. 지금 가지 않으
면 안 된다는 것, 그리고 한 달째 사랑니를 앓고 있다는

것. 그녀는 준비된 서류를 읽듯이 주저 없이 대답한다. 그녀가 선뜻 정리된 대답을 하는 것이 일시적으로 그를 언짢게 한다. 그는 현관을 나서려다가 돌아서서 그녀의 몸을 얼싸안는다. 그녀는 엉겁결에 그에게 안긴 채 말한다. 무엇이 문제인가요, 지금? 그는 좀처럼 그녀를 놓지 않는다. 내일, 격렬비열도에 못 가. 그의 목소리가 떨리고 있다. 그런 일은 처음이다. 그녀는 달래듯이 그의 등을 쓸어준다. 그녀는 그의 등을 쓸어주지만 사실은 자신의 마음을 쓸어내리고 있다. 손바닥을 아래로 위로 쓸 때마다 그녀는 다시는 그를 볼 수 없을 거라고, 마지막이라고, 차라리 잘된 일이라고 즉흥적으로 다짐한다. 이별도 사랑과 마찬가지로 순식간에 일어나고 발전한다. 그녀는 그 사실에 새삼 자극받고 격려받는다. 왜냐고 묻지 않는군, 너는? 그녀는 대답을 회피한 채 아이를 먼 곳에 내보내는 어미처럼 머리카락과 옷깃을 손봐준다. 나머지 이를 뽑아야 해. 그의 목소리가 처음 그를 만났던 때처럼 작고 작아진다. 머리를 자르지 않아 머리카락이 그의 귀밑에서 구불거린다. 뽑아야죠, 때가 되었으면. 그는 그녀의 얼굴에 손을 가져간다. 널 잃고 싶지 않아. 그녀는 그의 손을 뿌리친다. 그러자 그가 자신

의 뺨을 그녀의 볼에 가져다 댄다. 걱정하지 말아요. 잘
될 거야, 다 잘될 거예요. 그녀의 볼에 뜨거운 것이 전염
된다. 그래도 점 빼지 않는다고 약속해줘, 제발. 그의 목
소리가 숨결처럼 그녀의 귓속으로 간신히 밀려들어 온
다. 그녀는 대답 대신 자신의 입술로 그의 입을 막는다.
그와의 키스는 처음처럼 달콤하고 부드럽다. 그녀는 그
의 입을 돌려준다. 서로 입술을 다시며 마치 건널 수 없
는 강을 앞에 둔 사람들처럼 마주 보고 서 있다. 그 순간
은 2분쯤 지속된다. 그녀는 그를 모르는 사람처럼, 그는
그녀를 낯선 여자처럼 아무 표정 없이 바라본다. 엘리
베이터는 마치 그가 나오기를 기다리기라도 한 것처럼
재빨리 그에게 문을 열어준다.

격렬비열도格列飛列道. 충남 태안군 근흥면 가의도리賈宜島
里에 딸린 열도. 태안반도 관장곶 서쪽 55km 해상에 있다.
동쪽으로 석도石島와 인접하며 북격렬비열도, 동격렬비열
도, 서격렬비열도와 작은 섬으로 이루어진 서해의 고도군
孤島群이다. ─ 두산세계대백과

그녀는 결국 혼자 격렬비열도를 보고 온다. 바다에

이르러서야 격렬비열도는 하나의 섬이 아니라는 것을 깨닫는다. 새들이 날아갈 듯한 형상으로 점점이 줄을 지어 바다에 떠 있는 섬들. 그녀는 체리를 듬뿍 얹어 만들려던 애초의 구상을 바꿔서 초콜릿으로 새들을 만들어 시폰 케이크 위에 점점이 올려놓은 다음 격렬비열도라 이름 붙인다. 격렬비열도는 다른 케이크 전문점에도 고구마 케이크나 초코 시폰 케이크가 진열되어 있음에도 불구하고 조금 특이한 이름 때문에 고군산군도와 더불어 르샤의 인기품목이 된다. 거기에는 강철기의 특별 홍보도 한몫을 한다. 강철기의 권유에도 그녀의 얼굴에는 여전히 참깨만 한 검은 점이 남아 있다. 그는 사랑니를 뽑고도 한동안 치과를 오락가락하면서 그녀의 핸드폰을 찾는다. 그러나 예전 같지는 않다. 핸드폰 벨이 울리는 횟수가 줄어든다. 그는 지방대학으로 공개강의를 다녀왔고, 어쩌면 취직이 될지도 모른다고, 그러면 자리를 잡기 위해 곧 떠나게 될 거라고 그녀를 위해 거짓말을 한다. 그러면서 그는 사랑니의 아픔에서는 벗어났으나 새로운 고통이 그의 가슴을 찌르고 있다는 말을 빠뜨리지 않는다. 그녀는 괜찮아질 거라고, 봄꽃이 피면 꽃소식이나 전해달라고 덤덤하게 말해준다. 그녀는 마지막으로 그에게 안녕이라는 말을 하지 않는다. 대신 봄꽃 케이크를 어떻게 디자인할 것인지 구상하기 시작한다.

모퉁이를 돌자 한 소년의 모습이 눈에 들어온다. 그녀는 야간실습을 마치고 귀가 중이다. 소년은 버스 정거장 대기 의자 구석에 앉아 핸드폰으로 누군가와 통화하고 있다. 고개를 조아리며 입술에 번지는 미소, 흠칠흠칠 모았다 펴는 다리, 바닥에서 빙빙 돌아가는 발끝. 소년은 지금 사랑에 빠져 있다. 자동차 헤드라이트가 아니었으면 그녀는 소년을 그냥 지나쳤을 것이다. 소년은 대기 의자 바람막이에 기대어 가능한 한 자신의 몸을 밖에 숨기고 있다. 그러나 그의 표정은 소리 없이 소란하다. 살아 있다. 그녀는 급격히 속도를 늦추고 걸어가듯이 소년의 옆으로 다가간다. 가까이 갈수록 소년의 모습이 선명해진다. 탐조등에 노출된 것처럼 소년의 얼굴이, 귀에 손을 얹은 소년의 웅크린 몸이 한 마리 작은 수사슴처럼 부각된다. 빛의 덫에 걸린, 한 마리 여린, 행복한 짐승. 그녀는 순간적으로 자동차 헤드라이트를 죽인다. 불빛이 소년의 사랑을 방해할지도 모른다고 생각한다. 동시에 그녀는 조수석에 놓인 핸드폰을 돌아본다. 핸드폰은 버려진 채 잠잠하다. 그녀의 핸드폰은 이제 울리지 않는다. 소년은 여전히 추위도 아랑곳하지 않고 어둠 속에 있을 것이다. 그녀는 오피스텔 주차장으로 들어가려다가 돌발적으로 핸들을 돌린다. 그가 서 있던 호수로를 따라 천천히 달린다. 소년의 모습이 그의 분신처럼 눈앞에서 사라지지 않는다. 날카로운 쇠뿌리에 치받힌 듯 가슴뼈 통증을 느낀다. 그는 어디에 있는가. 무엇이 그의 머릿속을 붙잡고 있는가. 그의 눈은, 손은, 가슴은 어디를 향하고 있는가. 핸드폰 벨이 울리는 듯하다. 핸드폰 불이 들어오는 듯하다. 그러나 핸드폰은 여전히 잠잠하다. 차갑게 식어 있다. 헤드라이트가 닿는 데마다 어둠이 비켜 간다. 땅은 얼어가고, 초목은 차가운 땅에 얼어붙고, 삭지 않은 매미 껍질은 나무에 간신히 매달려 흔들리고 있다. 맹수처럼 입을 쩍 벌린 시커먼 하늘로 벌거벗어 앙상한 나뭇가지들이 솟구쳐 있다. 겨울이 너무 빨리 왔다.

우리, 만난 적이 있죠? 그 소리는 그녀의 등뒤에서 들려온다. 그녀가 돌아보면 매번 아무도 없다. 그녀는 옛날 심각하게 앓았던 실성증과 건망증과는 또 다른 이명증耳鳴症으로 고생을 하고 있다. 이명증은 바이러스에 감염된 것처럼 어둠 속에 앉아 핸드폰으로 사랑을 속삭이던 소년을 보자 그녀에게 찾아들었다. 그녀의 귓속에서는 새벽부터 온갖 종류의 핸드폰 벨소리가 울려대고, 엘리베이터 승강기가 밤새도록 오르내리는가 하면, 하루 종일 짝을 찾는 들새들의 고혹적인 노랫소리가 들려오기도 한다. 일주일을 버티다가 그녀는 이비인후과에 간다. 이비인후과에는 귀울림을 호소하는 사람들이 증가하는 반면 그것에 대처할 특별한 치료법이 없다. 그녀는 견습생의 손에 이끌려 신바람한의원의 문턱을 넘는다. 하루 이틀 겨자씨 가루를 물에 개어 탈지면에 적셔서 아침저녁 귀를 막아둔다. 그것도 여의치 않자 그녀는 견습생이 인터넷 사이트에서 알아낸 민간요법에 따라 뱀기름을 솜에 묻혀 귓속에 넣기도 한다. 뱀기름은 스테인리스 냄비 바닥에 구멍을 뚫어 말린 뱀을 넣고 은근한 불에 태우면 기름이 흘러나온다고 하는데, 뱀기름 만들기는 순전히 견습생이 도맡아한다. 견습생의 헌신적인 간호에도 불구하고 그녀의 이명증은 사라지지 않는다. 견습생은 계룡산 부근에서 용하기로 소문

난 몽롱한의원에서 적용하여 치료에 성공했다는 사례와 함께 죽염요법을 새롭게 제시하지만 그녀는 결국 모든 것을 포기하고 김숙에게 도움을 요청한다. 딸랑이키 홀더보다 몇 배 강력한 색다른 물건 어디 없을까요?

사랑한 후엔 긴 비행을 마치고 지상에 내려왔을 때처럼, 귀가 먹먹하고 피로가 몰려온다. 그녀는 휴식이 필요하다. 과정으로서의 잠이 필요하다. 아침이 지나도 해는 없다. 그러나 흐린 하늘은 언제 바뀔지 모른다. 내일은 해가 뜰지 모른다. 새로운 파트너가 생길 때까지 얼마가 걸릴지 모른다. 귀울림이 완전히 거두어지고 새로운 곤란을 받아들일 때쯤이 될 것이다. 그녀는 남자와 헤어질 때면 매번 그 생각을 되풀이해왔다. 그녀는 점이나 미신 따위는 믿지 않지만 자신의 혀만은 무시한 적이 없다. 그것은 거의 틀리지 않는다.

작가와의 대담

혀의 사랑

하응백(문학평론가)

함정임의 신작소설 『아주 사소한 중독』의 제목을 처음 보았을 때 제일 먼저 떠오른 것은 시인 황동규였다. 내가 알기로 '사소함' 혹은 '사소하다'는 말을 사소하지 않게 만든 최초의 사람은 황동규 시인이었다. 영화로 컴백하여 다시 유명해진 시, 〈즐거운 편지〉에서 황동규는 이렇게 노래했다.

내 그대를 생각함은 항상 그대가 앉아 있는 배경에서 해가 지고 바람이 부는 일처럼 사소한 일일 것이나 언젠가 그대가 한없이 괴로움 속을 헤매일 때에 오랫동안 전해오던 그 사소함으로 그대를 불러보리라.

'해가 지고 바람이 부는 일'이란 얼마나 사소한 일인가. 그렇지만 그것보다 더 중요한 일이란 흔하지 않다. 사소한 것이 오히려 가장 중요한 것이 된다. 그렇게 보면 함정임의 소설 『아주 사소한 중독』은 '아주 중요한 중독' 혹은 '아주 엄청난 중독'을 가리키고 있음을 알 수 있다. 우리 삶에서 스쳐 지나가는 듯하지만 '아주 중요한 중독'이라는 뜻일 터이다. 흘러가는 듯하지만 집요한 사랑의 이야기. 함정임이 우리에게 들려주는 것은 바로 그런 이야기다. 서른여섯 살의 여자가 세 살 연하의 남자와 우연히 만나 감각적인 사랑을 나누고 헤어지는 이야기 같은 것 말이다. 사실 이 얼개만으로는 그다지 새롭거나 구미에 당기지는 않는다. 이 지상에 씌어진 모든 이야기, 모든 노래, 모든 그림은 기본적으로 사랑에 관한 것이라고 해도 그리 틀린 말은 아니다. 사랑은 텔레비전의 연속극에도, 스포츠 신문의 만화에도 있다. 우리는 '사랑' 속에서 눈을 뜨고 눈을 감는다. 너무 흔하고 익숙한 것이라 귀한 줄 모르는 공기처럼 사랑은 오늘날 우리의 존재조건 비슷한 것이 되고야 말았다. 이 '사소해질 대로 사소해진' 사랑에 관한 담론이 도대체 어떻게 우리들의 '실성증'과 '건망증'과 '이명증'을 넘어 영원히 지울 수 없는 '흔적'으로 남을 수 있을 것인가. 아마도 함정임이 질문하고 있는 것은 바로 이런 '역설의 조건'인지도 모른다. 그것이야말로 현대인 일반의 삶의 조건을 탐문하는 것이 아닌가.

흐린 겨울날 홍대 앞의 한 레스토랑에서 함정임을 만났다. 레스토랑은 드물게 넓은 마당을 가지고 있었고, 눈 쌓인 마당으로 들어서는 대문가엔 근방을 훤히 굽어보고 있는 커다란 나무 한 그루가 서 있었다. 마침 점심시간이라 창가 자리를 잡지 못하고 구석에 앉았는데, 함정임은 이따금 창밖의 나무에 눈길을 주었다. 그 눈길에 묻어오는 흐릿한 빛에도 함정임은 막 병을 이긴 환자처럼 자주 이마에 손을 얹으며 대담 자체를 쑥스러워했다. 소설을 탈고한 이상 아무 할 말이 없다는 것. 함정임의 그러한 반응은 그녀가 그만큼 작품에 몰입했다는 뜻으로 읽혔다. 아주 조금 말하려는 작가에게는 단도직입적인 트릭이 필요한 법. 대뜸, 소설 속 '그녀'와 '그'가 파리 몽파르나스의 뒤라스 묘지에서 처음 만나는 장면을 상기시켰다. 왜 하필 묘지인가? 에펠탑 아래서 만날 수도 있고, 루브르에서 혹은 미라보 다리에서 만날 수도 있지 않은가? 그것도 왜 꼭 뒤라스의 묘지여야 했는가?

— 지난해 여름 몽파르나스 공동묘지에 갔었지요. 한 달 동안 파리에 체류하면서 세 번이나 들렀으니 시간을 많이 할애한 셈입니다. 물론 그전에도 파리에 가면 친구는 안 만나도 그곳만은 꼭 들르곤 했습니다. 왜냐하면…… 그곳에는 사르트르와 보부아르가 합장되어 있고, 또 보들레르와 베케트가 잠들어 있기 때문입니다. 그곳은 뼈가 사그라져 있는 단순한 묘지가 아니라 어떤 정신이 축적되어 있는 곳이지요. 우리의 공동묘지와는 다르게 공원처럼 아름다운 곳이기도 하지만, 그들 묘 옆에 앉아서는 가장 나 자신에게 가까워져 있음을 느끼게 됩니다. 그 순간 '나는 나의 혼魂을 울렸던 대상을 만나러, 나의 혼을 구제하러 떠났다.'는 명제, 바로 그 자리에 놓이게 되는 것이지요. 그러한 만남이 아니고서는 떠남이란 아무런 유혹도 힘도 발휘하지 못합니다. 평소 인쇄된 활자나 카피본으로만 전율했던 도서관이나 박물관, 미술관 속의 진품들 앞에 섰을 때처럼 그들이 잠들어 있는 묘지에서 순간적인 심적인 평온을 찾게 됩니다. 동시에 정신이 고양됨을 느낍니다. 바로

이것, 바로 이 사람이었어! 라는……. 어떤 작품 앞에서도 오래 머물 수는 없지만 그 순간만은 어느 때보다 고독해지고 사색적이 되지요. 순간의 영원을 언뜻 보게 된다고 할까요. 묘지에 닿고 싶은 열망은 스물두세 살 때, 발레리의 〈해변의 묘지〉 사진을 본 후부터 시작되어서 실제로 이십대 후반의 주 여행지가 되기도 했어요. 지금도 크게 달라지지 않았지요. 왜 뒤라스 묘 앞인가라는 물음에는, 글쎄요, 작년에 그곳에 갔을 때 제가 가장 많이 시간을 보냈던 곳이 사르트르나 보들레르가 아닌 바로 뒤라스의 묘 앞이었기 때문이라고 말할 수 있겠네요.

나는 이 소설에서 '뒤라스'와 '쿠르베'가 단순한 디테일이 아니라는 느낌을 받았다. 특히 뒤라스는 연하의 남자와 깊은 사랑을 나눈 작가다. 뒤라스를 두고 '그'와 '그녀'가 교감을 나누는 장면은 그들의 미래를 암시한다. 더욱이 앞으로 그들이 나누게 될 '사랑'의 성질에 대해서도.

— 이런 말이 가능하다면, 뒤라스와 쿠르베가 작품

에 삽입된 것은 '무의식적인 의도'라고 할까요? 명백히 의도적으로 배치한 것은 아닙니다. 부연 설명을 하면 이렇습니다. 저는 어디를 가건, 무엇을 보건, 누구를 만나건 작품을 염두에 두지 않는 버릇이 있습니다. 그것은 작위적인, 도식적인 것을 싫어하는 제 성향과 무관하지 않지요. 시간이 흐른 뒤 일단 떠났던 곳으로 돌아와서 항아리를 빚듯이, 그림을 그리듯이, 그때의 정조와 그때의 상황이 달과 달빛처럼 어우러져서 스스로 빛을 주고 형체를 만들어주는 것으로 족합니다. 일그러지면 일그러진 대로, 아쉬우면 아쉬운 대로 배음으로서 자연스레 흘러가면서 혼용하기를 바랍니다. 그렇게 되지 않고는 뒤라스는 뒤라스의 것이고, 쿠르베는 쿠르베의 것이라 생각합니다. 제 것이 아니지요. 제 작품 속에서 도드라지면서 유기적으로 맺어지는 그들은 제 것이죠. 또한 독자들의 것이죠.

사실 뒤라스는 제게 잠재해 있던 어떤 부분을 쓴, 그리고 앞으로 제게 쓰게 할 작가 중의 한 사람입니다. 저는 오래전부터 그녀에게 이상한 모성을 느껴왔습니다. 그것이 정말 모성인지는 모르겠습니다. 친밀감이나 존경이 더 맞을지도 모릅니다. 아니 원초적인, 본능적인

후각 작용에 의한 '알아보기'라고 해야겠습니다. 그렇다고 작정하고 그녀를 텍스트로 삼아오지는 않았습니다. 이번에 이 소설에서 그녀의 묘를 '그'와 '그녀'의 첫 만남 장소로 쓰면서 저도 모르게 아, 이제 그녀를 비로소 만난다는 기분이 들었습니다. 그렇다고 그녀의 텍스트를 새로이 꺼내 읽지는 않았습니다. 소설에 나온 대로 아스라이 지워져가다가 잠깐 어떤 힘을 발휘하는 정도, 예를 들면, 묘석 위에 시들어 있는 노란 장미가 일순 지나가는 빛에 의해 황홀하게 황금빛을 내는 정도에서 내버려 두었지요. 그녀가 삶으로 사랑한 연하와의 열정적인 사랑을 어줍잖이 이 소설에 끌어와 소설 전체를 암시하려고 한 것은 아니었는데 자연스레 소설을 읽는 독자는 그렇게 연관을 지을 수밖에 없을 것 같습니다. 의도하지 않는 의도가 되었지요. 그래서 '무의식적인 의도'라고 하는 거죠.

뒤라스가 '앞으로 쓰게 될 작가' 가운데 하나라는 말을 함정임의 소설 미학으로 이해해도 될까? 그녀의 말을 빌면 '무의식적인 의도'로 자연스럽게 '혼융'되는, 그래서 그녀가 그녀인 바로 그런 분신 말이다. 특히 이번

『아주 사소한 중독』을 통해 '이제 비로소 그녀를 만난다.'는 기분이 든다면, 이 소설이야말로 비로소 '자기'에게 돌아온 소설로 읽어도 좋다는 것인가.

— 뒤라스는 성(性)을 성 그 자체로 다루는 작가로 유명하죠. 그녀는 실험소설로 출발한 누보 로망 작가이지요. 그 계열에서는 드물게 세계적으로 대중적 인기를 한몸에 받은 행복한 작가이기도 합니다. 처음 그녀의 『히로시마 내 사랑』이나 『복도에 앉은 남자』가 발표되었을 때, 줄거리는 없으면서 직접적이고 거침없는 표현에 잡음이 많았지요. 그러나 그녀의 소설 뒤엔 사실 인류가 실천해온 오랜 미학의 역사가 들어 있습니다. 그녀는 섹슈얼리티를 과장 없이 소설에 현장화시켰을 뿐입니다. 새로움이란 가장 먼 곳에서 가장 가깝게 도달하는 것이고, 그것을 성공적으로, 독자적으로 드러낸 것이 뒤라스라고 생각합니다. 저는 이렇다 할 이야기(줄거리) 없이도 작가가 그리고자 하는 진실이 적확하게 전달되는 뒤라스적인 누보르망 소설을 좋아합니다. 그녀의 소설 속에는 그것들이 나오게 된 과정들이 존재하지요. 왜 쓰는가와 동시에 어떻게 쓸 수 있는가를 무

릅쓰는 미학과 역사야말로 소설을 쓰면서 배우고 싶은 점입니다. 거기에 뒤라스가 있습니다. 이 소설 역시 뒤라스적인 의미에서 사회적인 조건이나 자기 기만 따위가 가장 적나라하게 발가벗겨지는 원초적인 해제 지점을 가리킬 수 있었으면 합니다. 솔직히 이 작품을 쓰면서 마지막 문장에 마침표를 찍을 수 있을까 수십 번 자문했습니다. 막막했고 힘겨웠지만 결과적으로 이 작품을 통해 먼 우회로를 거쳐 원점에 선 기분입니다.

그랬던가. 이 소설의 처음은 "그녀는 그가 왜 좋은지 모른다. 무엇이 좋은지 모르면서 그와 키스를 한다. 그녀가 유일하게 믿는 건 혀다. 혀가 짓는 말이 아니라 혀가 맡는 냄새다. 혀는 먹고 말하는 데 소용되는 것만은 아니다. 그녀에겐 파트너를 알아보는 데 더 유용하다."라고 시작한다. 그리고 이 소설의 끝 역시 "그녀는 점이나 미신 따위는 믿지 않지만 자신의 혀만은 무시한 적이 없다. 그것은 거의 틀리지 않는다."로 마감된다. 혀의 사랑이며 감각의 사랑이다. 그것은 다른 말로 하면 머리로 하는 이성理性의 사랑이 아니라, 적나라한 몸의 사랑이다. 이 둘 사이에는 엄청난 거리가 있다.

인류의 위대한 스승들은 몸을 학대했다. 이성을 인류의 머리에 주입한 원조라고 일컬어지는 소크라테스는 어떠한가. 그는 '악법도 법이다.'라는 말을 남기며 독배毒杯를 마시고 죽었다고 한다. 그는 체계, 질서, 법, 이성 같은 것을 고수하기 위해 자신의 몸을 희생했다. 독을 마시고 죽는 사람의 육체를 상상해보라. 뒤틀리는 창자의 고통을. 얼마나 괴롭겠는가. 석가는 어떠했는가. 6년 동안의 설산雪山에서의 고행은 그의 육체를 기진맥진에 빠뜨리지 않았던가. 석가가 수자타 마을에서 우유 죽 한 그릇을 마을 처녀에게 공양받지 못했더라면, 보리수 아래에서의 해탈도 없었을지 모른다. 석가의 해탈은 모진 육체의 학대 아래 이루어진 것이었다. 예수는 어떠한가. 세상 사람들의 죄를 대신해서 그는 골고다의 언덕에서 죽어갔다. 우리는 바늘 하나에 찔려도 비명을 지를진대, 십자가에 박힌 못 세 개가 주는 고통은 어떠했을까. 이들 위대한 성인聖人들로 인해 인류는 이성理性과 희생과 절대적인 사랑를 깨우쳤다. 그들의 가르침은 대개, '육체는 아무것도 아니다. 위대하고 영원한 것은 정신이다.'로 요약될 수 있다. 그러면서 그들의 후계자인 교사나 사제들은 우리 몸의 헤게모니를 가져갔다. 우리가 몸의 달콤한 유혹에 빠지기라도 하면 그들은 현실적인 법이나 양심의 법에 호소하여 우리를 옥죄었다. 몸에 탐닉하는 자는 몸과 마음에 주홍글씨를 새기고 살아야 했다.

그러나 몸은 몸이다. 인간은 먹고, 마시고, 배설하고, 섹스를 하며 살아간다. 특히 인간은, 한두 종의 원숭이류를 제외한다면, 출산에 대한 목적 없이도 섹스를 하는 지구상의 거의 유일한 생명체다. 인류의 위대한 스승들과 영웅들은 바로 이런 '인간'을 부정했다. 그것은 그 자체로 존경받고 추앙받을 만한 것이다. 소위 초월이라고 하는 것은 한갓 자신의 육체적 유한성을 부정할 수 없는 인간이 스스로 부과한 최고의 사치인지도 모른다. 금욕이야말로 정신적 귀족주의의 대표다. 그러나 이 귀족주의는 오랜 세월 자신의 영광에 도취되어 헛된 미혹과 환상을 제공한 혐의도 없지 않다. 때때로 그것은 있는 존재, 실존으로서의 인간을 경멸하고 구속하며 나아가 가상의 그 무엇으로 규율하고 통제하기 위한 통로로 이용되기도 했다. '사랑'이 이 통로의 교두보였음은 다시 말할 필요가 없다. 그렇다면 함정임이 말하는 '혀의 사랑'은 무엇인가?

— '그녀'의 직업은 혀를 미혹시키는 케이크 디자이너입니다. 케이크 연구원이죠. 미각, 곧 혀에 관한 한 전문가라 할 수 있습니다. 그러나 그것은 어디까지나 인공 낙원과 같은 곳입니다. 공중 정원과 같은 세계입니다. 내려와야 하는 것이지요. 지상으로, 인간에게로. 그런데 그녀가 서 있는 지점은 극심한 카오스의 세계입니다. 너무 풍요로워서 허한, 너무 넘쳐서 피곤한 세상이죠. 그곳의 사람들은 언제부터인지 가늠할 수도 없이 얼떨결에, 마치 고래 배 속에서 어느 날 요지경 바닷속에 내던져진 요나처럼, 어리둥절한 상황에 처해 있습니다. 그것은 후기현대라는 말로도, 탈현대라는 말로도 포착할 수 없는, 어디로든 튈 수 있을 것 같은데 정작은 어디로도 벗어날 수 없는 그물-안(인터넷)에 우리 삶이 걸려들어버렸기 때문이지요. 중독은 중독이되 깊어지지 않고 끊임없이 미로를 이동할 뿐입니다. 중독의 좋은 의미란 열정일 텐데, 이제 열정이란 것은 약에 쓰려야 찾아볼 수 없는 사어死語가 되어버렸습니다. 열정은 창조적으로 전화되지만 중독은 극심한 소모를 가져올 뿐입니다. 열정이 되지 못하는 중독을 강요하는 것은 그다지 필요하지 않은 정보와 지식의 과잉입니다.

그것은 소설에서 그가 그녀를 만나기 전에 빠져 있던 잡계雜界입니다. 중독이 나쁘게 깊어지면 금단 현상이 오게 되죠. 금단 현상이란 공백을 의미하지만, 달리는 기계적인 반복을 의미합니다. 로봇화이지요. 어떻게든 말하도록, 과시하도록, 인정받도록 내몰리면서 혀를 너무 많이 쓴 탓입니다. 그녀에게 혀란 바로 그에게 불립문자의 이심전심을 확실하게 일깨워주는 매개물이지요.

말하자면 '혀'란 잡계의 망상에 젖어 있는 중생들에게 내리쳐진 일종의 '죽비'란 말인가? 그렇다면 그녀는 '혀'를 통해서 비로소 피안의 세계, 인공 낙원이 아닌 진정한 낙원, 인류가 소실한 그 최초의 공간으로 들어설 수 있을 터이다.

— 일반적으로 여자는 남자에게 입(자궁)을 열어주면서 비로소 자신의 마음을 온전히 주게 됩니다. 소통을 꿈꿉니다. 떠나고 남고의 알레고리는 부차적인 문제입니다. 중요한 것은 여자가 남자를 몸과 마음으로 처음 받아들이게 되는 관문, 즉 입의 주체가 혀라는 것이지요. 굳이 더 말하자면 혀는 세상을 둥글게 감싸 안는

원형으로의 모성, 온통 회색의 죽은 세계를 초록의 생의
세계로 환원시킬 유일한 힘으로 괴테가 힘차게 달려갔
던 여성성의 상징물이라고 할 수 있습니다. 소설의 여자
에게 혀는 도처에 물밀 듯이 넘쳐나는 대상들을 탐지하
는 가장 진실한, 가장 원초적인 생의 감각인 셈입니다.

저는 이 소설을 쓰면서 '그'에게 연민이 깊어지는 것
을 스스로 느꼈습니다. 소설의 그는 순전히 제가 지어
낸 허구의 익명인이지만 저는 그에게 치명적으로 문명
에 감염된 그의 혀를 깨끗하게, 순진무구innocence의 상태
로 치료해주고 싶은, 역으로 말하면 달콤한 케이크로
완전히 감염된 감각을 앗아버리고 싶은 욕망이 드세지
는 것을 어쩔 수가 없었습니다. 아마 인간성 혹은 사랑
회복의 최전방으로 혀를 내세우면서 내심 루소처럼 자
연으로 돌아가자, 본원으로 돌아가자, 라는 푯말을 슬
그머니 매만졌던 것 같습니다.

그러나 '그녀'의 혀는 '그'의 이기심과 망상, 잡념 등
을 치유하지 못했다. 그는 이전의 다른 남자들처럼 그
녀의 '방'에 잠시 머물다 떠나버린 사람에 불과하다. 그
렇다면 '혀의 사랑'이 결국 '자연'으로 들어가는 매개물

이 될 수 없다는 것을 작가도 시인하고 있는 건 아닌가?

— 낯선 사람에게 방을 보여주거나 심지어 방을 내
준다는 것은 아무리 개방적인 사람이라 하더라도 단계
가 필요하지요. 방은 바로 현재 자신의 모습이자 자신
의 마음의 양태를 적나라하게 보여주기 때문입니다. 자
신의 삶을 문득 돌아다볼 때 우리는 자기가 저질러놓
은 방을 보고 그 정도를 측정하곤 하지요. 먼지의 앉음
새조차 익숙한 것이 자기의 방인데 거기에서 가장 낯
선 모습을 발견하기도 하고 가장 지독한 상처의 표정
을 상기하기도 합니다. 소설 속의 그녀는 열여덟 살에
이미 방의 공포를 겪지요. 그녀에게 방은 처녀막 저 안
의 내밀한 보호구역인 동시에 언제나 찢어진 채 봉합
될 수 없는 열린 공간입니다. 처녀성을 빼앗긴 첫 남자
의 방은 굳게 잠겨 열리지 않았고, 남자가 필요할 때 언
제라도 은식처가 되어준 그녀의 방은 열려 있으나 그는
영영 오지 않았습니다. 그녀에게 열쇠는 난해한 사랑의
화두가 되어버리죠. 열쇠와의 불화는 피할 수가 없습니
다. 자기만의 방을 소유하는 것, 그 방으로 들어가는 열
쇠를 소유하는 것은 곧 자유의 쟁취를 의미하지만 뒤집

어보면 또 다른 소속(속박)을 공표하는 것이지요. 사랑처럼요. 그녀가 딸랑이 키 홀더를 얻음으로써 자신의 삶을 어느 정도 컨트롤할 수 있게 되자, 그녀는 이전에 생각하지 않았던 새로운 국면으로 접어듭니다. 방의 공포로 인해서 실성증과 기억장애에 시달렸던 그녀가 바로 그 방을 생판 모르는 남에게 세주는 경지에까지 이르게 되지요. 그곳에 어떠한 '함정/사랑'이 도사리고 있을지 예측하지 못한 채 말입니다. 결국 우리는 인생이란 곡마장에서 줄타기하듯 열쇠를 딸랑이며 그 사이를 불안정하게 오가는 것이 아닐까요? 알고도 모르는 척 속아주면서…… 그 아이러니를 사랑하면서요.

신화학자 조지프 캠벨은 "여신은 생의 불길로 늘 붉다. 지구, 태양계, 먼 우주의 은하까지 이 여신의 자궁 안에서 팽창한다. 왜냐하면 이 여신이 세계의 창조자, 영원한 어머니, 영원한 처녀이기 때문이다. 이 여신은 포옹하는 것을 포옹하고, 자양을 주는 것을 살지게 한다. 그리고 살아 있는 모든 것의 생명이다. 여신은 또 때가 되면 죽는 모든 것의 죽음이기도 하다. 태어나서 사춘기, 성년기, 장년기를 거쳐 무덤에 들어가기까지 전

존재의 순환은 여신의 지배 아래서 이루어진다. 여신은 자궁이며, 무덤이며, 제 새끼를 먹는 돼지이다."*라고 말한다. 이때 여신은 여성성의 일반화이다. 그럴 것이다. 함정임은 소설『아주 사소한 중독』에서 인간의 가장 중요한 중독인 사랑을 이야기하면서, 그 사랑의 완결성, 완전성을 원하고 있다. 그것은 바람 같은 남자들이 도달할 수 없는 사랑의 경지인지도 모른다. 남자들은 소설 속 주인공 여자에게 왔다가 가지만, 그녀는 그 자리에서 완성된 사랑을 한다. 그것은 세찬 바람이 불어 잎이 떨어지고 가지가 부러져도, 대지에 깊이 뿌리박아 생명을 지속하는 거대한 나무 같은 것인지도 모른다.

그러고 보니 함정임에게서 나무의 냄새가 나는 듯하다. 그때 카페 창밖으로 흐린 겨울 하늘에서 하늘하늘 떨어지는 무엇이 있었다. 눈인가 했더니 눈이 아니다. 무슨 나무의 씨앗 같다. 그것은 팔을 역삼각형 모양으로 하늘을 향해 벌리고 헬리콥터의 프로펠러처럼 돌면서 천천히 하강하고 있었다. 나는 그 씨앗의 이름을 함정임에게 물어보지 않았다. 그것은 소설 속 주인공 그녀가 나무가 되어 뿌린 씨앗이 아니었을까.

* 조지프 캠벨, 이윤기 옮김, 『세계의 영웅 신화』, 대원사, p. 22

아주 사소한 중독

ⓒ함정임, 2017, 2006, 2001

초판 1쇄   2001년 3월 7일
재판 1쇄   2006년 2월 25일
개정판 1쇄   2017년 5월 25일

지은이 / 함정임
펴낸이 / 박진숙
펴낸곳 / 작가정신
편집 / 김종숙 김나리
디자인 / 주영훈
마케팅 / 김미숙
디지털콘텐츠 / 김영란
관리 / 윤선미
인쇄 및 제본 / 한영문화사

주소 (10881) 경기도 파주시 문발로 207
대표전화 031-955-6230 팩스 031-944-2858
이메일 editor@jakka.co.kr 블로그 blog.naver.com/jakkapub
출판등록 제406-2012-000021호

ISBN 979-11-6026-043-4 03810

이 도서의 국립중앙도서관 출판시도서목록(CIP)은 서지정보유통지원시스템 홈페이지(http://seoji.nl.go.kr)와
국가자료공동목록시스템(http://www.nl.go.kr/kolisnet)에서 이용하실 수 있습니다.
(CIP제어번호 : CIP2017010269)